U0048439

第六病房

契訶夫

ANTON PAVLOVICH CHEKHOV

汝龍 譯

WARD NUMBER 6

【一本書】系列 FB0004Y

第六病房

Ward Number 6

作者 契訶夫（Anton Chekhov）
譯者 汝 龍
選書主編 唐 諾
封面設計 沈佳德

發行人 何飛鵬
編輯總監 劉麗真
事業群總經理 謝至平
出版 臉譜出版
台北市南港區昆陽街16號4樓
發行 英屬蓋曼群島商家庭傳媒股份有限公司城邦分公司
台北市南港區昆陽街16號8樓
客服服務專線：02-25007718；25007719
24小時傳真專線：02-25001990；25001991
服務時間：週一至週五上午09:30-12:00；下午13:30-17:00
劃撥帳號：19863813 戶名：書虫股份有限公司
讀者服務信箱：service@readingclub.com.tw
香港發行所 城邦（香港）出版集團有限公司
香港九龍土瓜灣土瓜灣道86號順聯工業大廈6樓A室
電話：852-25086231 傳真：852-25789337
新馬發行所 城邦（新、馬）出版集團
Cite（M）Sdn. Bhd.（458372U）
41-3, Jalan Radin Anum, Bandar Baru Sri Petaling,
57000 Kuala Lumpur, Malaysia
電話：603-90563833 傳真：603-90576622

三版二刷 2024年6月
ISBN 978-626-315-249-6
售價 250元

城邦讀書花園
www.cite.com.tw

版權所有・翻印必究
（本書如有缺頁、破損、倒裝，請寄回更換）

選書說明

（一）【一本書】系列是讀者觀點的選書——我們最重要的原則是，這裡的每一本書都必須是選書人自己真心想看的書。我們相信閱讀的共通性、對話性本質，選書人必須回復到讀者身分、回歸最素樸的閱讀身分，才能找到閱讀的書，而不是販賣的書。

（二）【一本書】系列不是連續性的單一叢書系列，而是一本一本個別挑選的書——我們相信，讀書的人書是一本一本買的，也是一本一本讀的，我們必須配合這個閱讀本質，讓閱讀可以隨時從其中任一本書開始，並在其中任一本書完成。

（三）【一本書】系列是嘗試和當下的閱讀處境對話的選書——我們會在每一本書前的〈伴讀〉文字中說明，這本書和我們當下思維的牽扯和啟示，並揭示其中一種可能的閱讀途徑。

目次

〈伴讀〉

契訶夫，一雙最乾淨的小說眼睛

唐諾

「死吧，丹尼司；你再也寫不出更好的東西來了。」

相傳，這是昔日的俄國波喬木公爵對劇作家馮維辛的無上讚語，時為一八七二年，係《紈袴少年》一劇初次公演——契訶夫用過這句話這個掌故，在他的小說《姚尼奇》中。當然，戲謔成性好開玩笑的契訶夫不會正經使用，小說中，是拿來不當讚譽一位戴夾鼻眼鏡、愛寫小說而且更愛對客人朗誦自己小說（多可怕的嗜好）的小省城貴婦人薇拉．姚西沃芙，因此，這句險奇的讚語遂又回歸成我們熟悉的俚俗意思，那就是「你去死吧——」。

然而，這樣的讚語若用在托爾斯泰的《戰爭與和平》或《安娜．卡列尼娜》寫成之時，用在杜斯妥也夫斯基的《卡拉馬佐夫兄弟們》寫成之時，或許還堪稱宜當，但你絕不會用在契訶夫和他任一篇小說上頭，因為明顯的不恰當，而且徒增感傷。

感傷，是因為契訶夫真的死得太早了，才四十四歲，死於他由來已久的肺病（他二十三歲就開始咯血），這跟他太貧窮的出身、太貧窮的成長歲月有關。依我們對像他這樣歷史級小說家的歸納，也依我們對契訶夫其人、其小說的閱讀理解，他顯然還來不及寫出「再也寫不出更好東西」的「那篇」小說來。四十四歲，才是小說書寫最快樂、最由由漫步於顛峰的開端，是小說家極目望遠毫無阻攔的美好開端，往後我們應該可合理的預期還有二十年的時間，一種在創作思維高原之上淋漓奔跑的二十年，但死亡不當的阻止了契訶夫，這已經不是「可惜」一詞所堪負荷的了。

但我們可能也得說，就算再多給契訶夫二十年，依他的才能和他一貫嚇人的書寫速度，我們手中一定會多出數百萬字的美好作品，但非常可能還是找不出任一部可讓我們嗟歎「你死吧——」云云的所謂生命代表之作，因為契訶夫的小說樂趣不在這裡。從形式上來說，他的小說篇幅短小，最多只到中篇小說的長度，捕捉的通常是漫漫人生的一瞬一截，頭尾兩端則依然浸泡在廣漠深厚的生命大海之中水波不興，也就不會有日暮途窮的絕望感；從書寫本質來看，契訶夫又太謙遜、太不自戀、太——該怎麼說好——太自由而且該講歡快還是頑皮，他的小說，即使在最悲慘無光的段落裡，都還是有笑聲傳出來（永遠有人「稍微認真的在笑」），或者戲謔、或者自嘲、或者就只是單純的覺得有趣會心，伴隨著契訶夫本人耐心且寬容（他一輩子如此）的溫柔目光，所有非戲劇性不可的莊嚴偉大或悲壯總是這麼被他笑掉，應聲瓦解，因此凝聚不成某種雕像般剛硬的、截然的、和尋常世界畫清界線的封閉性作品來。契訶夫絕不嚇唬我們，我們也不怕他，於是我們也就不覺得自己渺小，像讀托爾斯泰或杜斯妥也夫斯基那樣。平等，遂使百年來讀小說的人常常忘了要尊敬他。

契訶夫自己正是這麼講的，小說，本來就應該寫得「沒頭沒尾」。

這部〈第六病房〉，算是契訶夫最「有頭有尾」的小說，也是契訶夫少數較沉重、較純粹悲劇的作品，適合單獨成書，儘管已是經典名作，而且一般以為標示著契訶夫小說書寫的重大階段性意義，但我們還是得說，這仍不足以代表契訶夫，真正契訶夫的美好係由他燦若滿天繁星的全部小說組合而成，每一塊碎片都閃亮，而唯有全體，我們才能得著契訶夫小說的真正意義。

有關〈第六病房〉

先簡單來說一下〈第六病房〉。

〈第六病房〉正式發表於一八九二年十一月，作者當時才要滿三十三歲。契訶夫自己如此淡淡的介紹這部小說：「小說裡有許多議論，卻缺乏戀愛的成分。小說中有涵義，有開頭，有結局，思想傾向是自由主義，篇幅是兩個印張。」——在這段水波不興的自我說明中，我們很容易發現彼時契訶夫個人極獨特的小說書寫處境及其「限制」。對於奇才異能之士輩出、人類小說史大概再不可能企及的十九世紀舊俄小說書寫而言，的確有著諸多激烈激情的巨大風險存在，包括最顯而易見的，彼時專制沙皇的苛厲檢查制度，以及更令人畏怯的，因著找尋俄國明天出路的各式議論、各式未來臆想、各式意識形態所交織成的狂暴言論火網，這些契訶夫都一樣得承受，但老實說這類較偉大的擔憂對契訶夫毋寧是很奢侈的，至少是稍後才會發生的事，契訶夫從二十歲左右就得靠賣文維生，維自己，還要維擠在莫斯科貧民住宅裡的父母兄弟姊妹一大家子的生，也就是說在拯救俄羅斯祖國之前，他得先想辦法賺盧布拯救自己和家人，他首先要通過的是登用他小說的坊間幽默雜誌編輯，這類編輯大人的要求很簡單也很一致；小說要幽默、要吸引人，頂好有戀愛，更要緊的，一定要短，不得超出八十行、一百行什麼的，按行計酬，每行五戈比云云——

偉大的舊俄小說家絕大多數是貴族地主，只有契訶夫是農奴之後，而且沒很後，一直到他爺爺那一代才贖回自由身，但緊跟著，他父親卻經營小商店失敗破產，全家避走莫斯科，留契訶夫一個十七歲的高中學生在家鄉，不僅得自力更生，還要想法子掙錢寄莫斯科。

當然，寫〈第六病房〉時的契訶夫基本上已脫困了，但如此為錢寫作的記憶仍清晰，供他自嘲——這部曾被稱為「整個俄國文學中最可怕的小說」的〈第六病房〉，故事十分簡單，發生在某一城鎮的某一小醫院裡，其中「第六病房」是監禁精神病患者的特別病房，遺世但不獨立，由一位粗暴、動不動打人的退伍老兵看守（或說統治），受監禁的病患共五名，其中一個關鍵性的病人伊凡·德米特利奇·格羅莫夫患有被迫害妄想症，出身良好，之前是法院傳達員和地方上的書記，三十三歲（和彼時的作家同齡）。此人脾氣暴躁，言論尖利，他患病的起因係某個憂鬱的秋天早晨目睹兩名戴鐐銬的犯人被四名兵士押送，忽然神經質的想到自由喪失的可怖，自己不也極可能被捕被關監獄裡？「他知道他沒犯過任何罪，而且可以保證將來也不會殺人、放火、偷竊，可是偶然間無意犯罪不是很容易嗎？是啊，無怪乎人民歷代的經驗教導我們，誰也不能保證免於乞討和牢獄之災……」

陷於如此思維泥淖的格羅莫夫，最終因為又一樁找不到凶手的雙屍命案，擔心自己被認為凶手而正式發瘋，送進第六病房。

另一面，則是醫院的負責醫生安德烈．葉菲梅奇。這是個好脾氣、待人溫和、有處世不爭哲學的醫生，他偶爾心血來潮巡視了這個被人遺棄的第六病房，被激憤的格羅莫夫所吸引，醫生一方面同情他的處境，一方面也以為格羅莫夫是個可談話的有意思對象，遂經常到第六病房找他聊天，這個不尋常的舉動馬上在醫院、在整個城鎮引發議論和猜疑，並很快傳出葉菲梅奇醫生也瘋了的流言。

最終，葉菲梅奇醫生被誘騙進入第六病房，當個精神病患禁錮起來，他憤怒抗議，卻遭到老兵一陣毒打，不知道幸與不幸，葉菲梅奇醫生很快的就此死去。

契訶夫說這部小說「有議論」，指的主要是醫生和格羅莫夫的對話，醫生所服膺的，大致上是從希臘時代斯多噶學派到當代俄國文學大豪托爾斯泰的處世哲學，某種準避世的、不求改變外在世界只求改變自身看待世界方式、讓「自我感覺良好」的溫馴哲學，就像醫生苦口婆心的勸誡他滿口怨言的病人一樣，「您是個有思想和愛思考的人。在任何環境裡您都可以保持內心的平靜。那種極力要理解生活、自由而深入的思考，那種對人間的無謂紛擾的全然蔑視，這是兩種幸福，人類從來沒有領略過超越這兩者的幸福。您哪怕在三道鐵柵欄裡生活，也能享受這樣的幸福。第歐根尼住在木桶裡，可是他比天下所有的皇帝都幸福。」「不。一個人對於寒冷，如同對於所有的痛苦一樣，能夠全無感覺。馬可・奧理略說：『痛苦乃是一種生動的痛苦概念，如果你運用意志力改變這種概念，丟開它，不再訴苦，痛苦自會消散。』這話是中肯的。大聖大賢或者單純有思想和愛思索的人，其所以與眾不同，恰恰就在於蔑視痛苦，他們永遠心滿意足，對任何事情都不感到驚訝。」

但這些勸誡馬上引來伊凡・德米特利奇暴烈的回應——「我只知道上帝是

用熱血和神經把我創造出來的，是啊！人的機體組織如果是有生命的，就必然對一切刺激有反應。我就有反應！我用喊叫和淚水回應痛苦；用憤怒回應卑劣；用厭惡回應淫猥。依我看來，這才叫做生活。」「事實上，您並沒見識過生活，完全不了解它，只在理論上認識現實生活……所有這些都是最適合俄國懶漢的哲學。」「在這裡，我們被關在鐵格窗裡，長期幽禁，受盡折磨，然而這挺好，合情合理，因為這個病房和溫暖舒適的書房之間沒任何差別。好愜意的哲學：什麼事也不幹，良心卻清清白白，覺得自己是個聖賢。」「您蔑視痛苦，可是您的手指頭被房門夾了一下，恐怕您就要扯開嗓門大叫起來了！」

這部小說「有結局」，所謂的結局不是醫生和病患誰說服誰，而是主張蔑視痛苦的葉菲梅奇醫生果然「手指頭被房門夾了一下」——最終，他被誘騙關入第六病房，他果然很快感到恐懼和絕望，想出去喝啤酒和吸菸，於是他扯開嗓門大叫要老兵放他出去，卻換來一頓狠揍，拳腳加身果然也真的很痛，而且還讓「反正人生不免一死」的死亡提前到來。

如此有議論、有結局（結論）的〈第六病房〉，果然刊出後便普遍得到俄國「進步」知識分子的喝采。長期以來，在契訶夫的書寫光輝和契訶夫「不明確的思想主張」中心思懸掛著又欽慕又不滿的人，至此總算稍稍放下心中大石，他們肯定小說中對自由和進步的揭示和肯定，他們讚譽契訶夫深刻而準確的寫實力量，以為的確是彼時俄國遍在的、就是這樣的現況描述，也有人（列斯科夫）看到其象徵意義，認定這個封閉、粗暴而且骯髒簡陋的第六病房，其實指的就是整個俄國。

時至今日我們回頭看，最有意思的反應大致有三：一是托爾斯泰本人極激賞這部作品，而我們知道，小說中的葉菲梅奇醫生正是典型的托爾斯泰主義者，日後的小說史，也普遍把這部小說視為契訶夫告別並嘲諷托爾斯泰主張的重大宣告（「托爾斯泰的哲學對我影響很大，主宰我大約六、七年時間，但現在我改變了，我不再同意那種觀點了。理智的事實告訴我，電流和蒸氣比貞潔和吃素要蘊涵更多的人性和愛，雖然戰爭是罪惡，法庭也是罪惡，但這並不是玩，我必須和老農同工、同食、同宿。這不是贊成或反對的問題，事實上，托爾斯泰的理論已經行不通了。」——契訶夫，一八九四年）；一是日後蘇俄的革命開創者列寧，他年輕歲月讀了這部小說，他的妹妹記下了列寧的讀後感：「昨天晚上我讀完了這篇小說，覺得簡直可怕極了，我沒法再待房間裡，我站

見總是全面的、完整的、啟示性的，而不是單一結論，這是小說書寫的ＡＢＣ；然而，當這些議論者談到個別小說家或個別作品時，卻往往變得跟我們業餘讀者一樣，追問單一議論，甚至找尋更單一性的結論和教訓（找不到還會勃然大怒）。當然，鑑賞小說而非單一性議論小說是比較難的，要順利將鑑賞的成果談出來更難，因為鑑賞得以小說自身為主體，鑑賞者得真正進入它，進入它有著高度歷史時空著色的特殊性細節中，而不能只仰仗議論者心中一兩套既成的制式理論來涵蓋。因此，訴諸鑑賞的理論文章不好寫，議論者違背自己相信的小說ＡＢＣ也是可理解甚至可同情的，但可理解、可同情並不代表不矛盾不犯錯、不需要我們偶爾嘲笑他們一下。

我個人原來便是循此「議論之路」讀舊俄小說的，因此，一直以來，我的安全順序（既是排名順序也是閱讀順序）總是托爾斯泰、杜斯妥也夫斯基，再來是屠格涅夫，然後才是契訶夫。前兩者都是意志清晰、姿態強烈、滔滔於議論的「大小說家」，而柔弱、有自然主義傾向的屠格涅夫仍有諸如《父與子》、《羅亭》這樣力足引爆強烈議論的作品，只有契訶夫，彷彿風一樣、空氣一樣自在存在著、又不涉入任何議題論爭之中似的——昔日舊俄的讀小說人因為心急祖國當下和立即的未來，想從小說中也找到明白的指引和結論，從而不耐於悠悠細節，和我們今天讀小說既事過境遷且事不關己、從而懶怠於真實細節的欣賞摩挲，儘管處境不同心思不同，但其結果往往殊途同歸，我們一樣對契訶夫那種自由的、毋寧更是愉悅的珠玉般小說，有著「美麗但無用」的不知拿它如何是好的煩惱。

最早解開我這個嗟歎的，不是文學、小說的書齋議論者，而是兩位實戰派的小說家，一個是朱天心，另一個是張大春。朱天心偶爾跟我信口提到，她以為契訶夫極可能是比托爾斯泰更好的小說家；張大春則鄭重其事的向我宣告，契訶夫正是他個人小說史上排名第二的小說家，僅次於哥倫比亞的賈西亞·馬奎斯（但張大春旋即補了一句：「他們是『唯一』兩個寫什麼都精采的小說家。」），有趣的是，一兩個月之後，不曉得其間發生了何事，再次談到這一話題時，我赫然發現張大春又將契訶夫晉陞一位，而將賈西亞·馬奎斯擠落到他私密排名的第二名。

怎麼差這麼多？我的驚訝明白而巨大，於是我只能回頭緩緩重讀厚達十鉅冊的契訶夫全集（全由中、短和極短小說組成），以及六鉅冊的其他文字，包括他的劇本、短文短論、書信、筆記，還包括他昔日扶病而行、跋涉過廣漠西伯利亞、到極東庫頁島考察俄國苦役犯人的《薩哈林旅行記》，我努力的讀和想，好像也有點懂了。

英國的半通俗小說家、兼小說議論者毛姆不是個太會讀小說的人，他曾說契訶夫的小說「太戲劇性」，而且筆下人物只有寥寥一兩種「典型」，這恰恰好是一百八十度完全看錯了契訶夫小說（老實講，要錯到這種地步也真教不容易）——事實的真相是，在舊俄諸多偉大小說家中，契訶夫恰恰好是最不戲劇性、筆下人物最多樣、最不概念化提煉的一個，他的小說永遠有一種素樸的元質，彷彿介於成品和素材之間，介於小說和民間生活史之間，我猜，就是在此，會最吸引同樣寫小說的人。

一般而言，不寫（不會寫）小說的人（基本上包括評論者和如我個人這樣的一般性讀者），我們所期待的、欣賞的通常集中於小說家一場驚心動魄的演出部分，怎麼寫、怎麼鋪排、怎麼想像轉折、怎麼收場謝幕，我們是擠在成品這一端才買票進場的人；然而，對同樣「會者不難」、同樣有著想像力和書寫技藝的小說同行而言，誇張些來說，這卻只是「做苦工」的執行部分而已，其成果多少在你抓住一個想像力不等、延展力和爆發力不等的素材那一刻，已然相當程度被決定了，他們是散落在素材那一端兩眼發亮的人，就像米開朗基羅或羅丹看著一方「對的」石頭，以為自己只是正確釋放出禁錮其中的靈魂而已。

當然，從素材到成品並非單行道，這裡當然有優劣良窳之別，但恰恰因為成品只是素材諸多可能性中被單一實現的一種（亦即消滅了其他諸多可能性），因此，讚歎之餘，也便不免有著喪失其他無限可能、人間又耗損了一顆好石頭的真實遺憾。

所以張愛玲說她寧讀素材不讀成品，也喜歡火雜雜的、半素材的《金瓶梅》勝過雕琢完美的《紅樓夢》；卡爾維諾、波赫士和賈西亞・馬奎斯都著迷於那些素材模樣存在、不過度處理加工、仍保有渾然想像空間可供縱跳滑翔的傳說和民間故事，這絕不是偶合。

但小說書寫者的這種「職業性偏好」和我們正常人有何相干呢？我想有的，畢竟，我們和會寫小說的人並不真的是截然不同的兩種人，我們一樣有我們一己的感受力、想像力和臆想，而且隨我們小說越讀越多，年歲漸長所必然帶來的生命經驗堆疊和生活世故，我們也會擁有更多觸類旁通乃至於預想的能力，你會越來越不需要甚至開始不耐煩那種「事事細說從頭」的囉嗦勁兒，你也不會一直沒意見的仍擠在成品那一端如捧花要簽名順帶尖叫的少男少女影迷歌迷，時間會推著你往素材那一端移動。

因此，喜歡契訶夫，便不必然非要會寫小說不可，而是一種難以言喻的鑑賞力，隨年紀、隨閱讀、隨對人的理解日增所帶來的真實悲憫、無奈和茫然，這些細碎寸心知的心思所支撐起來的生命鑑賞力，再讀契訶夫，你會像在生命異鄉中走到一家乾淨舒爽、有熱食有床鋪的旅店般柳暗花明，不像托爾斯泰或杜斯妥也夫斯基總讓你看到壯麗的名勝古蹟不容休憩。

真正的人間喜劇

多達千萬字的小說總字數，如此全由一小塊一小塊的極短小說密密組合而成，契訶夫這獨特無倫的小說景觀像什麼？——我個人以為，這是法國偉大小說家巴爾扎克「人間喜劇」的真正實現。

人間喜劇，這原是巴爾扎克想的、並窮其一生的未竟之夢，他壯哉其志的打算用百部以上的長篇小說來鉅細靡遺描繪一幅眼前人生的總體圖像，然而，巴爾扎克選了一道太沉重而且並不那麼恰當的路：長篇小說。一方面，百部長篇，這是小說家人壽以有涯逐無涯的不堪負荷；另一方面，長篇小說像孔目太大的漁網，只能網住尺寸夠大的大魚，卻不得不讓諸多細碎的、光影般一瞬的、難以組織難以編纂更難以發展成長篇小說的人生真相透網而去。

相對於巴爾扎克未及完成的人間喜劇百篇小說，契訶夫卻在他「短暫」的書寫人生完成了近千篇的小說；相對於巴爾扎克的沉重、不得不人為的深向介入處理的長篇手法，契訶夫則輕靈站在曖昧的人生邊際之上，趣味盎然的注視著並偷偷記下眼前每一張有意思的臉、每一次有意思的反應和表情，每一件有意思的瑣事。

其實毛姆也不算完全說錯（他只是想錯），契訶夫的小說的確總有某種戲劇性，但不同於那種封閉劇場的、因著小說情節所需不得不編出來的戲劇性（這往往是我們對小說最不安的部分，也是大敘事小說最常見的弱點），而是我們每個人生活中總會有的，如生命大河流到礁石處總會激突起短暫水花一般的戲劇性。這種遍在的、俯拾可得的戲劇性，寫小說的人都看到並記得不少，但很難利用，它們像純度不足不值得開採焠煉的礦石。一方面很奇怪的，它反而太神經、太突梯、太無厘頭，一旦寫成白紙黑字就是顯得「假」，很難取信於人（小說家怎麼信誓旦旦這是真人實事都無補於事）；另一方面，它又彷彿只是生活中的偶然出岔，並不具備往下的發展力延伸力破壞力，毫無構成生命轉折重大關鍵的機會，它總是很快又被強大、平穩、一路向前的生命大河所吞噬回去，彷若無事。

這是一種「就只是這樣」、一種「沒頭沒尾」的戲劇性，像午後晴空忽然的一記乾雷，或更像平靜家常日子裡的一聲岔笑，這進不了格局壯闊的大小說中，只能存留在民間的閒談取笑裡，以及契訶夫乾淨清爽的碎片小說裡。

比方說，契訶夫一八八七年的小說〈吻〉，寫一名毫無女人緣也未曾有過浪漫情事的矮小砲兵軍官里亞包維奇，在移防途中的某小城宴會裡，莫名其妙「挨」了一記吻，這是黑暗走道一次有趣的錯認，電光石火之際里亞包維奇完全不知道這名女子長相，更遑論身分姓名。小說中，里亞包維奇為之魂縈夢繫，忍不住甜蜜的講給同僚聽，但只被當個純幻想的扯淡，里亞包維奇也像晉太元中武陵人般再尋不回那個奇特的夜晚和那個奇特的吻，就只是這樣。

或者更早的，契訶夫寫於一八八六年的〈熟識的男人〉，小說中，嬌媚但貧窮的女人萬達，身上只有一盧布（她剛當掉一枚松綠石戒指），走進牙醫診所假意看病，其實想的是有過一面之緣的牙醫一定會認出她來，並邀她參加城裡的熱鬧舞會，偏偏那名信仰東正教的猶太牙醫什麼記憶也沒有，公事公辦真拔了她一顆牙，還收走她僅有的一盧布，又可憐又荒唐，然而，偷雞不著蝕顆牙外帶一枚戒指的萬達，既沒因此自殺，亦未就此墜落風塵，小說的結尾是：「第二天傍晚，她卻在『文藝復興』裡跳舞了。她頭戴一頂新的而且很大的紅色女帽，身穿一件新的時髦短上衣，腳上是一雙黃銅色的皮鞋。有一個從喀山來的年輕商人帶她去吃晚飯。」——韌性十足的萬達，仍是活龍一尾。

這是相當「典型」的契訶夫小說，它的戲劇成分令你心酸，也令你發笑，但通常不會令你絕望，你看到這個美麗水花同時，必定也看到了背後那廣大沉穩大河般的生活本身，像大地一樣堅實，也像大地一樣沉默吸納並分解著短暫的喜怒哀樂，短暫的生老病死。

也因此，在尋常小說中通常最具戲劇震撼力、情節轉折力乃至於清晰意義的死亡一事，在契訶夫小說中便呈現著不太一樣的光景。契訶夫的小說絕不諱寫死亡，一如我們每個人生活裡總親身經歷著、以及一旁聽到看到識與不識之人的死亡一般，其中，有老去的、疲憊的自然死亡，也當然不乏突如其來的、不當的、哀慟滑稽不等的種種不自然死亡，比方說，復活節大祭前夕的人心和平時刻急病死去一名愛寫讚美詩的和善年輕修士，這是某種悲傷但沉靜杳遠如教堂鐘聲的死亡（〈復活節之夜〉）；或在劇院裡打噴嚏一口濃痰不偏不倚落前座高官禿腦門上，越想越駭怕因此一夜間嚇死的某低階文官，這是某種又辛酸又讓你忍不住笑出聲來的死亡（〈一個文官的死〉）；還有苦役犯運送船上終究不支死去並就此沉睡海底的力竭罪犯，這是讓人同情也多少讓人覺得解脫、且心思不自主飛逸向政治、社會機制種種的死亡云云。固然，有一部分死亡冤有頭債有主，尤其在某些不好的歷史時刻裡，可供我們聯綴到、並用以思省並義憤鞭韃某個有權決定人生死的不義之人或不義體制，但絕大多數時候，死亡並不具備這麼清晰的意義，它只默默堆疊我們的感受而不帶來當下的頓悟，死亡遠比我們有條有理的思索、有條有理的述說要複雜多了，也難以言喻多了。

就像舊俄當時另一位天才人物（政論的、自由主義的，而不是小說寫作）

「拉伯雷從古老的方言、俗語、諺語、學生開玩笑的習慣語等民間習俗中，從傻瓜和小丑的嘴裡採集智慧，然而，透過這種打趣逗樂的折射，一個時代的天才及其先知般的力量，充分表現出其偉大。」——這段話倒不是巴赫金本人說的，而是他引述歷史家米什萊的話。

「它們顯示的完全是另一種，強調非官方、非教會、非國家的看待世界、人與人關係的觀點；它們似乎在整個官方世界的彼岸建立了第二個世界和第二種生活。」

「就其明顯的、具體可感的性質和含有強烈的遊戲成分而言，它們接近形象藝術的形式，也就是接近戲劇演出的形式。……但是，這一文化的基本狂歡節內核完全不是純藝術的戲劇演出形式，一般也不能納入藝術領域。它處於藝術和生活本身的交界線上。實際上，這就是生活本身，但它被賦予一種特殊的遊戲方式。」

「小丑和傻瓜是中世紀詼諧文化的典型人物……他們體現著一種特殊的

生活方式，一種既是現實的，同時又是理想的生活方式。……他們不是一般的怪人或傻子（在日常意義上），但他們也不是喜劇演員。」

「狂歡節式的戲仿遠非近代那種純否定性的和形式上的戲仿；狂歡節式的戲仿在否定的同時還有再生和更新。一般說來，赤裸裸的否定是與民間文化完全格格不入的。」

「狂歡式的笑，第一，它是全民的，大家都笑，『大眾的』笑；第二，它是包羅萬象的，它針對一切事物和人（包括狂歡節的參加者），整個世界看起來都是可笑的，都可以從笑的角度，從它可笑的相對性來感受和理解；第三，即最後，這種笑是雙重性的，它既是歡樂的、興奮的，同時也是譏笑的、冷嘲熱諷的，它既否定又肯定，即埋葬又新生。」

「在這種裝飾圖案的組合變化中，可以感覺到藝術想像力的異常自由和輕靈，而且這種自由使人感覺到是一種快活的、幾近嬉笑的從心所欲。」

有意思的是，巴赫金指出的如此「民間詼諧文化」，一般而言，其創作者通常是素人的、匿名的，甚至由集體所完成，但契訶夫卻是個清清楚楚的「個人」，更是個知識分子，有他知識分子的思省及其獨特負擔。它究竟是如何做到的？他如何持續「處於藝術和生活本身的交界線上」這個不好站穩的點上？

一般的最可靠答案是「謙遜」——這很少有人會反對，契訶夫終其一生是個謙遜和善且沒怪癖的人，在舊俄遍地都是的小說家中，他的ego最小，道德最完整沒什麼瑕疵，很長一段時間，契訶夫只把自己看成一個寫詼諧諷刺小品、每個月非得有一百五十、兩百盧布收入不可的人而已（儘管偶爾他也覺得有些委屈），後來即使事情已水落石出，他在俄國已顯現出無可掩藏的巨大光芒，契訶夫仍相信自己的小說必定很快被時間沖刷殆盡，不會有後人還讀他的小說，後代的人讀的是托爾斯泰那樣偉大的作品。

當然，契訶夫謙遜的「預言」沒完全對，但這份謙遜卻是他小說書寫的獨特禮物，讓他寬容、有耐心，眼睛裡永遠有他人存在：他人的處境、他人的意志、他人的各自抉擇和信仰，甚至他人的愚昧、算計和小奸小壞云云。契訶夫從不過度控制小說，不把人物降為棋子，不因遂行個人意志而修改眼前事實。

謙遜為他的小說保留下廣大的、自由的空間，他所由來且興味盎然的民間世界於是得以在此持續存留並生長，而不是不堪回首的深怕他們上門借錢或因此暴露自己貧寒身世的窮親戚。

然而更重要的原因，我個人反倒以為，是契訶夫難能可貴的「勇敢」，這是隱藏在契訶夫謙和、瘦削、書卷氣十足的外表下，不那麼容易就發現的人格特質。

赫爾岑曾說，整個十九世紀的舊俄小說，就是「一份對俄國生活的大起訴書」，這帶給小說書寫強大的力量和壯闊的格局，但也必然形成小說書寫的持續可怖壓力。大約一八七〇年以降，情況又急轉直下，之前那些摸索的、個別的、自由有創意的、彼此可相互欣賞、寬容、討論商量的繁花盛開般看法，逐漸凝固成少數非黑即白的排他性戰鬥性主張，尤其是年輕一代以車爾尼雪夫斯基為代表的民粹派成為思維主流後，政治立場的檢驗便成為小說的最高判準，於是，在沙皇反動性檢查和「進步」知識分子毋寧更綿密更肆無忌憚的黨同伐異底下，小說所需要的模糊自主迴身空間便被壓縮到很小很小了。

在如此景況中，要保有一雙如此乾乾淨淨的眼睛，當然是難度極高的事了，這不僅需要消極性的謙和，更需要積極性的勇氣——有趣的是，這個民粹發展理應是契訶夫最好的機會，他的確擁有托爾斯泰、杜斯妥也夫斯基和屠格涅夫誰也沒有的又紅又專出身，他也的確持續在咯血和經濟壓力下書寫，但契訶夫從不賣弄他「農奴之孫」的身分，也不修改他自身的記憶和他所見的農村小鎮、村婦村夫事實，他對於立場質疑的最大回應，便是毅然而行的薩哈林之旅，帶著他肺結核的身體涉過廣漠的西伯利亞，深入到更冰封更絕望的流放之島上進行考察，而他的結論仍誠實且不屈服，眾所周知，契訶夫便是在薩哈林之行後，公開宣告他對托爾斯泰式民粹主張的棄絕。

契訶夫不是「不知亦能行」的素人作者，更不是沒有主張沒有立場的隨風之人，只是他堅信而且奉行的信念和價值，基本上是普遍性的、「進步」的，而且立基於自由和人性尊嚴的主張，對於某些太心急的人、太自信的人、太單一意識形態信仰的人、以及太想在對抗兩造中逢源取利的人而言，他顯得太巨大太溫柔也太好笑了，難以收編，遂也難以忍受。

一個好的小說書寫者並不必然得同時擁有好的人格，更無須展示他的人格，他也可以就是個惡魔型的人物，可以自身就是病徵（比方說杜斯妥也夫斯

第六病房

一

醫院的院子裡有一所小屋，四周生著密密麻麻的牛蒡、蕁麻和野生的大麻。這所小屋的房頂生了鏽，煙囪半歪半斜，門前的台階已經朽壞，長滿雜草，牆上的灰泥只留下些斑駁的殘跡。小屋的正面朝著醫院，背面朝著田野，中間由一道安著釘子的灰色院牆隔開。那些尖端朝上的釘子、院牆、小屋本身都帶著陰鬱的、罪孽深重的特殊模樣，那是只有我們的醫院和監獄的房屋才會有的。

如果您不怕被蕁麻扎傷，那您就順著通到小屋的羊腸小道走過去，看一看裡邊在幹些什麼吧。推開頭一道門，我們就走進了前廳。這兒沿著牆、在爐子旁邊，丟著一大堆醫院裡的烏七八糟的東西。什麼褥墊啦，破舊的長袍、長褲、細藍條子的襯衫、沒有用處的破鞋啦，所有這些破爛堆成了垛，揉得很皺，混在一起，正在霉爛，發出一股悶臭的氣味。

看守人尼基達，牙齒中間銜著菸斗，老是躺在這堆破爛上。他是一個退役的老兵，衣服上的領章已經褪成紅褐色。他的臉嚴厲而枯瘦，眉毛下垂，這給他的臉添上了大草原上的牧羊犬的神情。他鼻子通紅，身量不高，外貌乾瘦，青筋嶙嶙，然而氣度威嚴，拳頭粗大。他是那種頭腦簡單、講求實際、肯賣力氣、愚鈍呆板的人，這種人在人間萬物當中最喜歡的莫過於秩序，他們確信他們的職責就是揍人。他打他們的臉，打他們的胸，打他們的背，先碰到哪兒就打哪兒，他相信若不這麼做，這兒的秩序就不能維持。

隨後您就走進一個大而寬敞的房間，如果不把前廳計算在內，整所小屋就只有這麼一個房間。這兒的牆壁刷了一層污濁的淺藍色塗料，天花板被煙燻黑，就像不裝煙囪的農舍天花板一樣——很明顯，這兒到了冬天，爐子經常冒煙，屋裡充滿了煙霧。窗子的裡邊裝著鐵格窗，樣子難看。木頭地板是灰色的，到處都是裂片。酸白菜、燭芯的焦味、臭蟲、阿摩尼亞味，弄得屋子裡臭烘烘的，這種臭氣一開始就給您彷彿走進動物園的印象。

房間裡擺著幾張床，床腳釘死在地板上。有幾個人在床上坐著和躺著，穿著醫院裡的藍色長袍，按照古老的方式戴著尖頂帽。這些人是瘋子。

這兒一共有五個人，其中只有一個是上層階級出身，其餘的都是小市民。最靠近房門的是一個又高又瘦的小市民，留著棕紅色的、發亮的唇髭，眼睛裡帶著淚痕，坐在那兒用手托著頭，瞧著一個地方呆呆地出神。他一天到晚心緒愁悶，搖頭，歎氣，苦笑。他很少參與別人的談話，對於人家問他的話，他照例不回答；等到飯食端來，他就面無表情地吃喝下去。根據他那痛苦、劇烈的咳嗽聲，他那骨瘦如柴的模樣，他臉頰上的紅暈來判斷，他正在開始害肺結核病。

在他旁邊的是一個矮小、活潑、很好動的老人，留一把尖尖的小鬍子，頭髮黑而鬈曲，像黑人似的。白天他在病房裡散步，從這邊窗口走到那邊窗口，或者在自己的床上坐著，照土耳其人那樣盤著腿。他無休無止地像灰雀那樣吹口哨，輕聲唱歌，嘻嘻地笑。到了晚上，他也表現出孩子氣的歡樂和活潑的性格，那時候他下了床，向上帝禱告，也就是伸出拳頭來捶自己的胸口，用手指頭摳門。這是猶太人莫依塞依卡，一個傻子，二十年前他的帽子工廠焚毀，他就發了瘋。

第六病房的全體病人當中，只有他一個人得到允許，可以從小屋裡走出去，甚至走出醫院到街上去。他享受這樣的特權由來已久，大概因為他是醫院裡的老病人，又是安分而不傷人的傻子，已經成為城裡的小丑。他走到街上去，被小孩和狗團團圍住，這種情形城裡人早已見慣，不以為奇了。他穿著破舊的長袍，戴著滑稽的尖頂帽，趿拉著拖鞋，有的時候光著腳，甚至不穿長褲，在街上走來走去，在民宅和商店的門口站住，討一個銅板。這個地方給他克瓦斯[1]喝，那個地方給他麵包，另一個地方給他一個銅板，因此他照例吃飽了肚子，滿載而歸。凡是他帶回來的財物，尼基達統統搶走，歸他自己享用。這個士兵幹起這種事來很粗暴，怒氣沖沖，把猶太人的口袋兜底翻過來，還要上帝做見證，賭咒說他從此再也不讓猶太人上街了，在他看來，世界上最壞的事莫過於破壞秩序。

莫依塞依卡喜歡幫助人。他替同伴端水，在他們睡覺的時候替他們蓋被，答應他們他會從街上替他們每人帶一個銅板回來，替他們每人做一頂新帽子；他還用調羹餵他左鄰的一個癱瘓病人。他這樣做不是出於憐憫心，也不是出於什麼人道主義性質的考慮，而是模仿他右邊的鄰居格羅莫夫，不知不覺受了他的影響。

伊凡・德米特利奇・格羅莫夫是個三十三歲的男子，出身良好，擔任過法院傳達員和地方上的書記，害著被迫害妄想症。他要麼躺在床上，蜷著身子，要麼從這個牆角走到那個牆角，彷彿在鍛鍊身體似的，很少坐著不動。他老是有一種模糊和不明確的擔心，為此總是焦躁，激動，緊張。只要前廳裡有一點點窸窣聲，或者院子裡有人叫一聲，他就會抬起頭來傾聽：莫非這是有人來抓他？莫非人家在找他？遇到這種時候，他臉上就現出極其不安而憎惡的神情。

我喜歡他那張顴骨突出的寬臉，它老是蒼白，愁苦，像鏡子那樣映出他被掙扎和不斷的懼怕折磨著的靈魂。他的悲苦的臉相是奇特的、病態的，然而清秀的面容雖則印著深刻真誠的痛苦，卻聰明，顯出文化修養，他的眼睛射出熱情而健康的光芒。我也喜歡他本人，殷勤，樂於幫助人，對一切人，除了尼基達以外，都異常體貼。不管誰掉了一個鈕子或是一把調羹，他總是趕緊從床上跳下來，拾起那件東西。每天早晨他總是跟同伴們道早安，當他上床睡覺時，又向他們道晚安。

---

1 克瓦斯（Kvas），俄國的一種傳統發酵飲料，口味類似啤酒。

除了經常的緊張狀態和愁眉苦臉以外，他的瘋病還有如下的表現。傍晚有的時候，他把身上短小的長袍裹緊，渾身發抖，牙齒打顫，開始很快地從這個牆角到那個牆角，以及在床鋪之間走來走去，看起來好像他得了厲害的熱病。他往往突然站住，瞧著他的同伴，據此可以看出，他想說些很重要的話，然而顯然考慮到誰也不會聽他講話，或是無法理解他的話，他就不耐煩地搖著頭，繼續走來走去。可是不久講話的欲望壓倒一切顧慮，占了上風，他就放任自己，熱烈而奔放地講起來。他的話講得雜亂、急促，像是發囈，斷斷續續，常常使人聽不懂，不過另一方面，從這一切，從他的話語和聲調裡卻可以聽出一種非常優美的東西。他滔滔不絕地講著，您就會看出他既是瘋子，又是人。他那些瘋話是難以寫在紙上的。他談到人的卑鄙，談到踐踏真理的暴力，談到將來人世間會有的美好生活，談到窗上的鐵格窗，這使他隨時想起暴君的麻木和殘忍。結果他的話就成了由許多古老而還沒過時的旋律所合成的一首雜亂無章的雜曲。

二

大約十二年或者十五年以前，城裡有一個叫做格羅莫夫的文官，住在大街上他自己的一所房子裡。他家道殷實，有兩個兒子：謝爾蓋和伊凡。謝爾蓋在大學裡讀到四年級，得了急性肺結核病，死了。這次死亡似乎是開了個頭，此後就有一連串的災難忽然降到格羅莫夫的家庭裡。謝爾蓋下葬後過了一個星期，老父親由於偽造文書和盜用公款而受審，不久得了傷寒，在監獄的醫院裡去世。那所房子以及所有的動產都被拍賣，伊凡・德米特利奇和他的母親簡直無以為生了。

原先，在父親生前，伊凡・德米特利奇在聖彼得堡大學讀書，每月收到六七十個盧布，對於貧困是一點概念也沒有的；然而現在他卻必須一下子改變他的生活。他不得不從早到晚去教收入菲薄的家教，做抄寫工作，結果卻仍然挨餓，因為他把全部收入都寄回去供養母親了。伊凡・德米特利奇受不了這樣的生活；他灰心喪氣，身體虛弱，就放棄學業，回家去了。

在這兒，在這個小城裡，他託人情謀得縣立學校的教職，可是他跟同事們意見不合，學生們也不喜歡他，不久他就辭職不幹了。他母親死了。他失業有半年之久，光靠麵包和清水生活，後來當了法院的傳達員。這個職務他一直做到因病被解職為止。

他素來沒有給人留下過健康的印象，即使在念大學的那些青春歲月裡也是如此。他一向面色蒼白，身子消瘦，容易感冒；他吃得很少，睡得也差。他只要喝上一杯葡萄酒就會醉，使得他歇斯底里。他一向樂意跟人們交往，可是由於生性暴躁、多疑，他與任何人從未親近過，一個朋友也沒有。他常帶著輕蔑談起城裡人，認為他們的粗鄙、愚昧和渾渾噩噩的獸性生活惡劣可憎。他用一種響亮的男高音講話，帶著激昂，總是怒氣沖沖，滿腔憤慨，或者帶著興奮和驚訝，不過他永遠是真誠的。不管別人跟他談什麼，他總是圍繞著相同的話題：在這個城裡生活沉悶而乏味；城裡人缺乏高尚的興趣，過著黯淡無光、毫無意義的生活，用暴力、粗鄙的淫亂和偽善使這種生活增添一些變化；壞蛋吃得飽，穿得好，老實人卻忍飢挨凍；這個社會需要學校、立論正直的地方報紙、劇院、公開的演講、知識力量的團結；這個社會必須認清自己的缺點，並且感到驚恐。他批評人們的時候總是加上凝重的色彩，而且只有黑白兩色，任何其他美好的色調都不用；依他看來，人類分成老實人和壞蛋，沒有人介於兩者之間。關於女人和愛情他總是談得熱烈、著迷，可是他從未戀愛過。

儘管他立論尖刻，脾氣急躁，城裡人卻喜愛他，背地裡總是親切地稱他為凡尼亞[2]。他那天生善於體貼別人、熱於助人的性格，為人的正派，道德的純潔，以及他那破舊的禮服，病態的外貌，家庭的不幸，總是在人們心中引起美好的、熱烈的、哀愁的情感。此外，他受過良好的教育，博覽群書；在城裡人看來，他無所不知，在他們眼中就像是一部活百科全書。

他讀過很多書。他往往在俱樂部裡坐著不動，神經質地揪著稀疏的鬍子，翻閱雜誌和書籍；從他的臉色可以看出，他不是在閱讀，而是在吞嚥，幾乎來不及嚼爛。人們一定認為閱讀是他一種病態的嗜好，因為他不管碰到什麼，即使是去年的報紙和日曆，也一概貪婪地抓過來讀。他在家裡老是躺著看書。

2 伊凡的暱稱。

三

一個秋天的早晨，伊凡·德米特利奇豎起他的大衣領子，在泥濘中走著，穿過小巷和後街，到一個工匠家裡去，憑法院的執行票收錢。他心情陰鬱，每到早晨他總是這樣的。在一條小巷裡，他碰見兩個戴著鐐銬的犯人，由四個荷槍實彈的押解兵押送著。以前伊凡·德米特利奇常常碰見犯人，每一次他們都在他心裡引起憐憫和不安的感覺，然而這次相逢卻在他心裡留下一種特別且奇怪的印象。不知什麼緣故，他忽然覺得他也可能像那樣戴上鐐銬，被人押著走過泥地，到監獄裡去。他到工匠家裡去了一趟，在回家的路上他在郵局附近遇到一個認識的警官，那人跟他打了個招呼，與他一起在街上走了幾步，不知什麼緣故，他覺得這件事很可疑。回到家裡，兩個犯人和荷槍的士兵整天沒有離開過他的腦子，一種無法理解的內心不安妨礙他的閱讀和集中注意力。傍晚時他沒有點燈，夜裡睡不著覺，老在想著他可能被捕，戴上鐐銬，關進監獄裡去。他知道他沒犯過任何罪，而且可以保證將來也不會殺人、放火、偷竊；可是偶然間無意犯罪不是很容易嗎？受人誣陷，還有審判方面的錯誤，不是也可能發生嗎？是啊，無怪乎人民歷代的經驗教導我們，誰也不能保證免於乞討和牢獄之災[3]。從目前的訴訟程序來看，審判方面的錯誤是很有可能發生、不足為奇的。凡是對別人的痛苦有職務或業務關係的人，例如法官、警察、醫生等——時間一長，由於習慣，就會變得麻木不仁，即使自己不願意，也不能不用敷衍了事的態度對待他們的當事人；在這方面，他們和在後院宰牛殺羊而看不見血的農民沒有什麼兩樣。對人的存在採取形式上的、無情的態度，為了剝奪無辜者的一切公民權，判他苦役刑，法官只需要一種東西：時間。只要有時間來完成一些法定手續，就算大功告成——法官就是因為辦那些手續才領薪俸的。事後，在這個離鐵道四十哩遠的、骯髒的小城裡，你去尋求正義和保護吧！再說，既然社會人士認為一切暴力都是合理而適當的必要手段，而一切仁慈行為——例如無罪釋放的判決——卻會激起不滿和報復情緒，那麼，就連想

3 俄國諺語。

到正義不也顯得可笑嗎？

早晨伊凡・德米特利奇從床上起來，心驚膽顫，額頭冒出冷汗，已經完全相信他隨時可能被捕。他暗想：既然昨天那些悲觀的思想纏繞他這麼久，可見他的想法不無道理。那些想法的確不可能無緣無故地鑽進他的腦子裡來。一個警察慢慢地走過窗前：這不會毫無理由。喏，有兩個人在房子附近站住不動，也不說話。為什麼他們不說話呢？

從此，伊凡・德米特利奇一天到晚提心弔膽。凡是路過窗前和走進院子裡來的人都像是密探或間諜。中午，警察局長照例坐在雙套馬的馬車裡經過街上，他正從城郊他的莊園到警察局去；可是伊凡・德米特利奇每一次都覺得他的馬車似乎走得太快，還有他的臉上帶著一種特別的神情：看來他是急於去報告，城裡有一個很重要的罪犯。每逢大門外有人拉鈴或敲門，伊凡・德米特利奇就打冷顫；每逢在女房東家裡遇到生人他就焦慮不安；當他碰見警察和憲兵他就微笑，開始吹口哨，裝得滿不在乎。他一連幾夜睡不著覺，等著被捕，可是他又像睡著的人那樣大聲打鼾和吐氣，好讓女房東以為他睡熟了；因為如果他睡不著覺，那就意味著他負疚的良心在折磨他——這是不得了的罪證啊！事實和常理使他相信，所有這些恐懼都是荒謬和病態的，而且如果把事情往大處看，那麼被捕入獄其實也沒有什麼可怕的地方，只要良心清白就行；然而他越是清醒而有條理地思考，他那內心的不安就越是強烈，越是痛苦。這倒近似一個故事：有個隱士打算在密林裡為自己開闢一小塊空地，他越是用斧頭砍得起勁，那片樹林便長得越茂密。最後伊凡．德米特利奇看出這沒有用處，就放棄推論，索性完全聽命於絕望和恐懼了。

他開始離群索居，避開人們。他以前就已經厭惡他的工作，而現在這工作對他來說變得更不能忍受。他生怕它們會使他惹上麻煩，人家會趁他不備時把賄賂塞進他的口袋，然後再去揭發，或者他自己一不小心在公文上出了個類似偽造文書的錯誤，或者丟失了別人的錢。奇怪的是，在其他時候，他的思想從沒像現在這樣靈活多變過，他每天想出成千上萬個不同的理由來認真擔憂他的自由和榮譽；不過另一方面，他對外界，特別是對書籍的興趣卻明顯地削弱，他的記憶力大大地變差了。

春天，當雪融化時，有人在峽谷裡墓園附近發現了兩具部分腐爛的屍體——是一個老太婆和一個男孩，都帶著暴力致死的跡象。城裡人不談別的，一味談論這兩具屍體，談論尚未查明的凶手。伊凡．德米特利奇怕人家以為是他殺死的，就在街上走來走去，面帶笑容，可是遇到了熟人，卻臉色紅一陣，白一陣，口口聲聲說再也沒有比殺害弱小和無力自衛的人更卑鄙的罪行了。不過這種做假很快就使得他厭倦，他略加思索便決定，以他的境況，他最好還是躲到女房東的地窖裡去。他在地窖裡坐了一整天，隨後又坐了一夜和另一天，實在冷得厲害，等到天黑就像賊似的悄悄溜回他自己的房間去了。他站在房間中央，直到黎明，一動也不動，側耳傾聽。一大早，太陽還沒出來，就有幾個砌爐工人來找女房東。伊凡．德米特利奇清楚地知道他們是為翻修廚房裡的爐灶而來的，可是恐懼卻告訴他說，這些人是警察，假扮成砌爐工人。他悄悄走出寓所，心驚膽顫，沒戴帽子，沒穿上衣，順著街道跑著。狗汪汪地叫著，在他身後追上來，後面的某處有個農民不住地喊叫，風聲在他的耳中呼嘯，伊凡．德米特利奇覺得好像全世界的暴力在他的背後齊聚，追著他不放。

有人把他攔住，送回家去，打發女房東去請醫生。安德烈．葉菲梅奇（關於他以後還會提到）吩咐在他的額頭上放冰袋，給他喝月桂葉水[4]，然後憂慮地搖搖頭，走了，臨走時對女房東說，此後他不再來了，因為不應該打擾發了瘋的人。由於伊凡．德米特利奇在家裡無法生活和治療，就被送到醫院，他在那兒被安置在花柳病人的病房裡。他夜間睡不著覺，充滿著怪念頭和幻想，驚擾病人，不久就由安德烈．葉菲梅奇下令轉送到第六病房。

過了一年，城裡人已經完全忘記伊凡．德米特利奇，他的書被女房東堆在敞棚底下的雪橇上，被小孩們陸續偷走了。

4　一種鎮靜劑。

四

伊凡·德米特利奇左邊的鄰居，我已經說過，是猶太人莫依塞依卡，他右邊的鄰居則是一個農民，滿身肥肉，胖得幾乎滾圓，面容呆板，毫無表情。他是個不動的、貪吃的、不愛乾淨的動物，早已喪失思想和感覺的能力。他那兒經常冒出一股令人窒息的、刺鼻的臭氣。

尼基達替他收拾的時候，總是狠命打他，使勁抬起胳膊，一點也不顧惜他的拳頭。可怕的倒不是他挨打——一個人對這種事是能夠習慣的——而是這個沒有知覺的傢伙挨了打卻毫無反應，既不發出任何聲音，也不做出任何動作，連眼睛也毫無表情，而只是身子稍稍搖晃幾下，好比一個沉重的大圓桶。

第六病房的第五個人，也就是最後一個病人，屬於小市民階級，他以前曾是郵局裡的揀信員。他是個矮小、精瘦的金髮男子，相貌和善而又略帶調皮的神情。根據他那對聰明、平靜的眼中明亮而快活的目光來判斷，他有些滑稽的想法，心裡藏著一個很重要、很愉快的祕密。他在枕頭和褥子底下藏著某樣東西，從來不拿給任何人看，倒不是因為怕人拿去或偷走，而是由於害臊。有的時候他走到窗前，背對著同伴們，把一個什麼東西戴在胸口上，低下頭去看。要是這時候你走到他跟前，他就會發窘，趕緊把胸前的那個東西扯下來。不過要猜中他的祕密卻也不難。

「您向我道喜吧，」他常常對伊凡．德米特利奇說，「他們呈請給我頒發帶星的斯丹尼斯拉夫二級勳章了。帶星的二級勳章是只頒發給外國人的，可是不知什麼緣故他們卻願意為我破例，」他含笑說道，大惑不解地聳了聳肩膀。「嘿，老實說，我可真沒料到！」

「我對這類事一點也不懂，」伊凡．德米特利奇陰鬱地聲明說。

「不過您可知道我遲早會領到什麼勳章？」以前的揀信員調皮地眯細眼睛接著說。「我一定會領到瑞典的『北極星』。像那樣的勳章是值得費點力氣去張羅的。一個白十字和一條黑絲帶。漂亮得很。」

大概其他任何地方的生活都不及這所小屋裡單調。早晨，病人們除了癱子和胖農民以外，都到前廳裡去湊著一個大木桶洗臉，用長袍的底襟擦乾，之後他們用錫杯喝茶，茶是尼基達從主樓取來的。每人只准喝一杯。中午他們吃酸白菜湯和麥粥，傍晚吃午飯剩下的麥粥，算是晚飯。空閒的時候他們就躺著，睡覺，瞧著窗外，從這個牆角走到那個牆角。每天都是這樣。就連往日的揀信員也老是談那些勳章。

第六病房裡很少見到新人。醫生早已不接收新的瘋子，何況在這世上，喜歡訪問瘋人院的人總是很少的。理髮師謝敏．拉扎利奇每隔兩個月到病房一次。他怎樣替病人剪髮，尼基達怎樣幫助他做這件事，還有每當醉醺醺、笑嘻嘻的理髮師光臨，病人們怎樣鬧得亂七八糟，這些我們都不談了。

除了理髮師以外，誰都不會到小屋裡來看一看。病人們注定一天到晚只看得見尼基達一個人。

然而近來醫院的主樓裡卻散布著一種相當奇怪的流言。

傳說醫生開始常到第六病房去了。

五

奇怪的流言！

從某一點來看，安德烈．葉菲梅奇．拉京醫生是個與眾不同的人。據說他年紀很輕的時候篤信宗教，準備加入教士的行列，一八六三年中學畢業後有心進神學院，可是他的父親，一個內外科醫生，刻薄地嘲笑他，他父親乾脆聲明，如果他去當教士，就不認他做兒子。這話是真是假，我不知道，不過安德烈．葉菲梅奇自己不止一次地承認，他對醫學以及一般的專門科學素來並不愛好。

不管怎樣，他讀完醫學系以後，沒有去當教士。他看來並不篤信宗教，初做醫生的時候就跟現在一樣不像是宗教界的人。

他的外貌笨重而粗俗——像莊稼人一樣。他的面容、鬍子、平順的頭髮、結實笨拙的體格都使人聯想到大道旁邊小酒館裡那種吃得發胖、放量喝酒、脾氣很壞的老闆。他的面容嚴厲，臉上布滿細小的青筋，眼睛很小，鼻子發紅。由於他有高大的身量和寬肩膀，因而手腳也很大，似乎一拳打出去就能致人死命。然而他腳步輕盈，走起路來小心翼翼，躡手躡腳，在狹窄的走道上遇見人，總是先停住腳，讓路給人，說一聲「對不起！」，而且他的說話聲不像意料中的那樣是男低音，卻是尖細柔和的男高音。他的脖子上長著一個不大的腫瘤，妨礙他穿領子漿硬的衣服，因此他老是穿著亞麻布或者棉布襯衫。總之，他的裝束不像個醫生。一套衣服他一穿就是十年，新衣服他照例到猶太人的鋪子裡去買[5]，穿在身上就像他的舊衣服那樣又舊又皺。同一套衣服，他看病也穿它，吃飯也穿它，出外做客也穿它；然而這不是出於吝嗇，卻是因為他對儀表全不在意。

安德烈．葉菲梅奇當初到這個城裡來上任的時候，這個「慈善機關」的情形糟透了。在病房裡，走道上，醫院的院子裡，都臭得令人透不過氣來。醫院的雜役、助理護士以及他們的孩子都跟病人一起睡在病房裡。大家紛紛抱怨，說蟑螂、臭蟲、老鼠鬧得人不得安寧。外科病房裡，丹毒從沒絕跡過。整個醫院裡只有兩把外科手術刀，連一支溫度計也沒有；浴室裡堆放著馬鈴薯。總務長、女管理員、助理醫士一律勒索病人的錢財。據說安德烈・葉菲梅奇的前任，一個老醫生，把醫院裡的酒精偷偷賣出去，而且羅織助理護士和女病人成立了一個後宮。城裡人清楚地知道這些亂七八糟的情況，甚至說得言過其實，不過大家對這些情形卻滿不在乎。有的人還為之辯護，說醫院裡躺著的只有工匠和農民，他們不可能不滿意，因為他們在家裡的生活比在醫院裡還要糟得多——你總不能供他們吃松雞啊！還有人辯護說，單靠本城的經費而缺少地方自治局的資助，是沒有力量辦好醫院的；謝天謝地，醫院雖差，總算有了一所。至於成立不久的地方自治局，不論在城裡還是在城郊，都不開辦診療所，推託說城裡已經有醫院了。

安德烈・葉菲梅奇視察醫院以後，得出結論，認為這個機構道德敗壞，對病人的健康極其有害。依他的看法，當前所能做的最聰明的做法，就是把病人放回家去，關閉醫院。可是他又考慮到單憑他的意志是辦不成這件事的，況且這樣做也無益；如果把肉體的和精神的污穢從一個地方驅逐出去，它們只是轉

---

5 那兒的貨物價錢便宜。

移到另一個地方，所以只好等它自己消滅。再者，如果人們開辦醫院，容忍它存在，那可見他們需要它。偏見和所有這些日常生活中的壞事和醜事都是必要的，因為日子一長，它們就會轉化為有益的東西，猶如畜糞變成黑土一樣。人世間每一種美好的事物在創始之初都有其醜惡的一面。

上任以後，安德烈．葉菲梅奇對醫院中亂七八糟的情況顯然相當冷漠。他只要求醫院的雜役和助理護士不要在病房裡過夜，並購置了兩個櫃子的醫療器械，至於總務長、女管理員、助理醫士、外科的丹毒等，仍舊保持原狀。

安德烈．葉菲梅奇非常喜歡智慧和正直；然而他缺乏堅強的意志力，不相信他有權利為自己建立合理而正直的生活。下命令、禁止、堅持，在他是根本辦不到的。看起來彷彿他發過誓永遠也不提高嗓門、不發號施令似的。對他而言，說一句「給我這個」和「把那個拿來」是困難的。每當他想吃東西，他就遲疑不決地咳嗽幾聲，對廚娘說：「給我喝點茶好嗎？……」或者「晚飯怎麼樣了？……」至於對總務長說不要再偷東西，或者索性取消這個不必要的寄生的職位，在他是完全沒有力量做到的。每逢人家欺騙他，或者奉承他，或者送來一份明明是假造的帳單要他簽字，他的臉就漲得像蝦那樣紅；他雖然覺得於心有愧，但還是在帳單上簽了字。每逢病人向他抱怨說他們在挨餓，或者抱怨說助理護士態度粗暴，他就發窘，慚愧地嘟噥說：「好，好，我以後調查一下……這多半是誤會……」

起初安德烈・葉菲梅奇工作很勤奮。他每天從早晨起到中午一直替人看病、動手術，甚至接生。女人們說他工作用心，診斷很靈，特別是兒科和婦女病。然而時間一長，這個工作由於單調且顯然無益而使他感到厭煩了。今天接診三十個病人，明天增加到三十五個，後天又增加到四十個，照這樣一天天、一年年地幹下去，可是城裡的死亡率卻沒有降低，病人仍然不斷地來。從早晨起到吃中飯為止，要對四十個門診病人有實質的幫助，在體力上是辦不到的，於是不管你願意不願意，結果就成了騙局。一年接診一萬兩千個病人，說得乾脆點，那就是欺騙了一萬兩千個人。至於把重病病人安置在病房裡，按科學的方法替他們治療，那也不可能；因為那兒有規定，卻沒有科學。如果丟開哲理，像別的醫生那樣一板一眼地按照規定辦事，那麼首先需要的是潔淨和通風，而不是污穢；需要有益健康的食物，而不是酸臭的白菜；需要優秀的助手，而不是盜賊。

再者，既然死亡是每個人正常而合理的結局，那又何必阻止他們死亡呢？如果一個小商人或文官多活五年或十年，這又有什麼益處呢？如果認為醫學的目標在於用藥品減輕痛苦，那就會引發一個問題：為什麼要減輕痛苦呢？首先，據說痛苦足以使人達到精神完美的境界；第二，人類要是真的學會用藥丸和藥水來減輕痛苦，那就會完全拋棄宗教和哲學，可是到現在為止，人類在宗教和哲學裡不但找到了避免一切煩惱的保障，甚至找到了幸福。普希金臨死以前受到極大的痛苦，可憐的海涅因為癱瘓而臥床好幾年；那麼安德烈．葉菲梅奇或者馬特遼娜．薩維希娜之流為什麼就不該生病呢？他們的生活本來就空虛，要是再沒有痛苦，那就會全然空虛，像變形蟲的生活一樣了。

安德烈．葉菲梅奇被這些想法壓倒，心灰意懶，從此不再每天到醫院去了。

六

他的生活是這樣過的。早晨他照例八點鐘左右起床，穿好衣服，喝茶。然後他在自己的書房裡坐下看書，或者到醫院去。在醫院裡，門診病人坐在狹窄幽暗的走道裡，等候看病。護士和雜役在他們面前跑來跑去，皮靴把磚地踩得咚咚作響。消瘦的病人們穿著長袍走過此地。死屍和裝滿穢物的器皿也從這兒抬過去。小孩子啼哭著，穿堂的冷風吹進來。安德烈·葉菲梅奇知道這樣的環境對於發燒的、害肺病的和敏感的病人是一種折磨，可是又有什麼辦法呢？在候診室裡，他遇見他的助手謝爾蓋·謝爾蓋伊奇——他是個矮胖子，肥臉刮得很光，洗得乾乾淨淨，態度溫和、沉穩，穿著寬鬆的新剪裁的衣服，看上去與其說像助理醫士，倒不如說像樞密官。他在城裡私人行醫，生意興旺，他繫著白領結，自認為比醫生精通醫道，因為醫生根本不私人行醫。候診室的牆角有個神龕，其中放著一大幅聖像，面前點著一盞笨重的長明燈，旁邊有一個罩著白色套子的燭台。牆上掛著主教的肖像、聖山修道院的風景照片和乾枯的矢車菊花環。謝爾蓋．謝爾蓋伊奇信教，喜歡莊嚴的儀式。聖像是由他出錢設置的；每到星期日，他下令要一個病人在候診室裡大聲念讚美詩，念完以後，謝爾蓋．謝爾蓋伊奇親自提著手提香爐走遍各個病房，搖爐散香。

病人很多，時間卻很少，因此他的工作只限於簡短地問一問病情，發給一點藥品，例如氨搽劑或者蓖麻油等。安德烈．葉菲梅奇坐在那兒，用拳頭支著臉頰，沉思著，然後隨口提幾個問題。謝爾蓋．謝爾蓋伊奇也坐下，搓著手，偶爾插一句話。

「我們生病，受窮，」他說，「那是因為我們沒有好好地向仁慈的上帝禱告。是啊！」

在診療病人的時候，安德烈．葉菲梅奇不做任何手術。他早已停止做手術，一見到血就激動得難受。每逢他不得不扳開孩子的嘴，為了看一下喉嚨，而孩子哭哭啼啼、伸出小手抵抗的時候，他的耳朵裡便嗡嗡地響，頭暈，淚水湧上他的眼睛。他連忙開個藥方，擺一擺手，讓女人趕快把孩子帶走。

問診時病人畏畏縮縮，說話沒條理，再加上莊嚴的謝爾蓋．謝爾蓋伊奇坐在旁邊，牆上掛著照片，二十多年來他一成不變地問那些話——這一切不久就使他感到厭倦了。他看過五、六個病人以後就走了。他走之後，其餘的病人由他的助手診治。

安德烈．葉菲梅奇回到家裡，愉快地想到，謝天謝地，他早已不私人行醫，現在不會有什麼人來打擾他，他立刻在書房裡的桌子旁邊坐下，開始看書。他讀很多書，並總是讀得津津有味。他的薪金有一半都用在買書上，他的寓所裡的六個房間有三間堆滿了書籍和舊雜誌。他最喜愛的是歷史和哲學著作；至於醫學刊物，他只訂了一份《醫生》，而且總是從後面看起。這種閱讀每一次都是毫不間斷地持續幾個鐘頭，他並不感到疲勞。他讀得不像以前伊凡．德米特利奇讀得那樣快，那樣急，而是讀得慢，鑽得深，常常在他喜歡的或者不理解的段落上停頓一下。書本旁邊總是放著一小瓶伏特加酒，另外有一根鹽漬黃瓜或醃蘋果，沒有放在盤子裡，而是直接放在粗呢桌布上。每隔半個鐘頭，他會目光不離書本，為自己斟上一杯伏特加酒，喝下去，然後不用眼睛去看，用手摸到那根黃瓜，咬下一小截來。

下午三點鐘，他小心翼翼地走到廚房門前，咳嗽，然後說：「達留希卡，晚飯怎麼樣了？……」

吃過一頓做得很差、不乾不淨的晚飯以後，安德烈．葉菲梅奇在他那些房間裡走來走去，把胳膊交叉在胸前，思索著。鐘敲了四下，後來敲了五下，他仍然在走動和思考。有的時候廚房的門吱吱嘎嘎地響起來，達留希卡那張睡意朦朧的紅臉從門裡探出來。

「安德烈．葉菲梅奇，到您喝啤酒的時候了吧？」她不安地問。

「不，時候還沒到，……」他回答說。「我要再等一會兒……我要再等一會兒……」

將近傍晚，郵政局長米哈依爾．阿威良內奇來了，安德烈．葉菲梅奇在全城居民當中只有跟這個人交往還沒覺得厭煩。米哈依爾．阿威良內奇以前是個很富有的地主，在騎兵團裡服役，可是後來破了產，到老年為貧窮所迫而到郵局工作。他的外表活潑健康，蓄著濃密的灰色落腮鬍，舉止文雅，嗓音響亮好聽。他心眼好，感情豐富，可是脾氣急躁。遇到郵局裡有人提出抗議，或對某件事不同意，或者只不過開始爭論，米哈依爾．阿威良內奇就會漲紅臉，渾身發抖，用雷鳴般的聲音嚷道：「閉上你的嘴！」因此這個郵局早就出了名，是個誰都怕去的機構。米哈依爾．阿威良內奇認為安德烈．葉菲梅奇頗有教養，心地高尚，因而尊重他，喜愛他，而對其餘的居民卻態度高傲，就像對待自己的部下一樣。

「我來了。」他走進安德烈．葉菲梅奇的房間說。「晚安，我親愛的朋友！恐怕我已經惹得您厭煩了吧，啊？」

「正好相反，我很高興，」醫生回答他說。「我見到您總是高興的。」

兩個朋友在書房裡的一張沙發上坐下，默默地抽一會兒菸。

「達留希卡，給我們拿點啤酒來好嗎？」安德烈．葉菲梅奇說。

他們仍然默默無言地把第一瓶酒喝完，醫生在沉思，米哈依爾．阿威良內奇則面露快樂活潑的神情，像是有一件很有趣的事要講似的。談話總是由醫生開頭。

「多麼可惜啊，」他緩慢地輕聲說道，一面搖著頭，眼睛不看對方的臉（他從來不直視人家的臉），「真是可惜極了，尊敬的米哈依爾．阿威良內奇，我們城裡根本就沒有一個能夠聰明而有趣地談天的人，他們也不喜歡談天。這對我們來說是很大的苦事。即使知識分子也不免庸俗；我可以斷言，他們的智力水準絲毫不比下層人高。」

「完全對。我同意。」

「您自己也知道，」醫生繼續慢條斯理、一字一句地輕聲說，「在這個世界上，除了人類智慧最崇高的精神表現以外，一切都是無足輕重、沒有趣味的。智慧在獸類和人之間畫了一條明顯的界線，暗示了人類的神性，在某種程度上甚至代替了實際上不存在的不朽。由此看來，智慧是快樂唯一可能的源泉。可是我們在自己四周卻看不見，也聽不見智慧之事，可見我們的快樂被剝奪了。不錯，我們有書本，不過這跟活躍的談話和交往截然不同。如果您容許我做一個不完全恰當的比喻的話，那麼書本是音符，談話才是歌唱。」

「完全對。」

緊接著是沉默。達留希卡走出廚房，帶著茫茫然的沮喪神情，在門口站住，用拳頭支住臉，想聽一聽。

「唉！」米哈依爾·阿威良內奇歎道。「對這個世代的人的智慧還能有什麼指望呢！」

他講起過去的生活有多麼健康、快活、有趣，從前俄國有多麼聰明的知識分子，他們對榮譽和友誼有多麼高尚的看法；他們借出錢不要借據，認為朋友有難而不伸出援手是一種恥辱。而且從前有什麼樣的出征、冒險、交鋒，什麼樣的朋友，什麼樣的女人啊！還有高加索，那是多麼驚人的地區！有一個營長的妻子，是個怪女人，常穿上軍官的衣服，每到傍晚獨自騎馬到山裡去，也不帶嚮導。據說她跟山村裡一個小公爵有了風流韻事。

「朱諾[6]啊，聖母瑪麗亞啊……」達留希卡歎道。

「那時候我們是怎樣喝酒、怎樣吃飯啊！而且有多麼激烈的自由主義者！」

安德烈．葉菲梅奇聽著，卻沒聽進去。他在思考什麼事，不時呷一口啤酒。

「我常常盼望有些聰明人跟他們談談天，」他忽然打斷米哈依爾．阿威良內奇的話說。「我的父親讓我受到良好的教育，可是他在六〇年代的思想影響下，硬要我當醫生。我相信要是當時我沒聽從他的話，如今我就處在智力活動的中心了。大概我會成為某所大學的教員吧。當然，智慧也不是永久的，而是

6 朱諾（Juno），丘比特之妻，主司生育和婚姻。

變動異常的，可是您已經知道為什麼我對它有偏愛。生活是惱人的牢籠；當一個有思想的人到了成年時期，思想意識成熟了，就會不由自主地感到自己好像被關在一個牢籠裡，逃不出去似的。確實，他不存在於生命中並非出於自己的選擇，而是由某種偶然的條件促成的……這是為什麼？他要弄明白自己生活的意義和目的，別人卻說不清，或者說些荒唐的話；他敲門，門卻不開；後來，死神來找他了——這也不是他選擇的。因此，就像在監獄裡，人們被共同的不幸聯繫著，由於聚在一起而感到輕鬆些一樣，在生活中也只有在喜愛分析和歸納的人們湊合在一起，交流彼此驕傲而自由的思想，藉此消磨時間的時候，人才會不覺得自己被關在牢籠裡。從這個意義上來說，智慧是沒有別的東西可以代替的快樂的源泉。」

「完全對。」

安德烈．葉菲梅奇沒有瞧著對方的臉，他放低了聲音，講講停停，繼續談著有智慧的人以及跟他們的談話。米哈依爾．阿威良內奇留意地聽他講話，附和著：「完全對。」

「那麼您不相信靈魂不朽嗎？」郵政局長突然問道。

七

安德烈．葉菲梅奇把朋友送走以後，就挨著桌子坐下，又開始讀書。傍晚，以及之後的夜晚，四周一直很安靜，沒有一點聲音干擾，時間也似乎停住，跟醫生一起屏息不動，瞧著書本，彷彿一切都不存在，只有那本書和帶有綠罩子的燈。醫生的農民般粗俗的臉漸漸開朗，在人類智慧的活動面前現出感動而著迷的笑容。啊，為什麼人類不能長生不死呢？他想。為什麼要有腦中樞和腦回，為什麼要有視力、話語、自我感覺和天才呢？所有這些豈不都是注定要埋進土裡，最後跟地殼一起冷卻，然後隨著地球圍繞太陽旋轉幾百萬年，既沒有意義，也沒有目的嗎？為了冷卻、旋轉，大可不必把人類高尚的、近乎神的智慧從虛無中引出，然後彷彿開玩笑似的再把它化為泥土。這是新陳代謝！然而以此代替不朽來安慰自己，那是何等怯懦！自然界所發生的這種無意識的變化過程比人的愚蠢還要低下，因為愚蠢畢竟還含有知覺和意志，而那些過程卻是根本什麼內容也沒有的。只有在死亡面前恐懼多於尊嚴的懦夫，才會安慰自己說，他的屍體遲早會生成青草、石頭、癩蛤蟆的。在新陳代謝中見到不朽，那是奇怪的，就像一把珍貴的提琴被砸碎、變得毫無用處以後，卻預言裝提琴的盒子會有光輝的前途一樣。

等到時鐘敲響，安德烈．葉菲梅奇就往椅背上一靠，閉上眼睛，思索一會兒。處在剛從書本上讀來的優美思想的影響下，他回憶起他的過去和現在。過去是可憎的，還是不想為妙。可是現在也跟過去一樣。他知道，正當他的思想隨著冷卻的地球圍繞太陽旋轉的時候，醫生住宅旁邊的大樓裡，人們卻在疾病和肉體的污穢中受著煎熬。也許有人睡不著覺，在跟昆蟲作戰，有人被丹毒傳染，或者因為繃帶綁得太緊而呻吟。也許病人們在跟助理護士打牌，喝酒。每年有一萬兩千人被欺騙，醫院的全部工作如同二十年前一樣，建立在偷竊、爭吵、誹謗、裙帶關係上，建立在卑劣的庸醫騙術上。醫院像以前一樣，仍然是個不道德的機構，對居民的健康極其有害。他知道在第六病房的鐵格窗裡，尼基達毆打病人，也知道莫依塞依卡每天到城裡去乞討。

另一方面他又清楚地知道，近二十五年來醫學發生了神話般的變化。當初他在大學裡念書，幻想醫學不久後會追上鍊金術和玄學的命運；可是現在他在深夜的寂靜中讀書的時候，醫學卻感動他，在他的心裡引起驚奇，甚至讚歎。真的，它有多麼出人意料的光輝，發生了什麼樣的革命啊！多虧有消毒法，偉大的皮羅戈夫認為甚至在將來（in spe）[7]都無法進行的手術，如今也能做了。普通的地方自治局醫生都敢於做截除膝關節的手術了；至於剖腹手術，一百例中只有一例造成死亡；結石病已經被人認為是小事，甚至再也沒有人為它寫文章。梅毒已經可以根本治療。還有遺傳學說、催眠術、巴斯德[8]與科赫[9]的發現、以統計為基礎的衛生學，還有我們俄國的地方自治局醫療事業！

精神病學以及現代的精神病分類法、診斷法、醫療法，跟過去相比，無異於十足的厄爾布魯士[10]。現在不再往瘋子頭上潑冷水，也不再給他們穿緊身衣，而用人道主義態度對待，而且據報紙上的消息說，甚至為他們辦舞會和娛樂活動。安德烈．葉菲梅奇知道，按現代的眼光和意見來看，像第六病房這樣惡劣的機構也許只可能在離鐵道五十哩的小城市中出現，在那種地方，市長和所有的市議員都是半文盲的小市民，把醫生看做術士，必須相信醫生，不能加以任何批評，哪怕他把燒熔的錫灌進人的嘴裡去也得相信他。換了在別的地方，社會人士和報紙早就把這個小小的巴士底獄搗得稀爛了。

「可是這又怎麼樣呢？」安德烈．葉菲梅奇睜開眼睛，問自己說。「由此能得出什麼結論呢？有消毒法也罷，有科赫也罷，有巴斯德也罷，可是事情的實質絲毫也沒有改變；患病率和死亡率依然如故。他們替瘋子辦舞會和娛樂活動，然而仍舊不讓他們自由行動，可見這一切都是廢話和瞎忙，最好的維也納醫院和我的醫院之間實際上並沒有什麼差別。」

然而悲哀和一種近似嫉妒的感覺卻不容他漠不關心。這多半是由於疲勞吧。他那沉甸甸的頭向書本垂下去，他就用兩隻手托住臉，想讓它舒服一點，他暗自想道：「我在做有害的工作。我從人們手裡領了薪金，卻欺騙他們。我不誠實，不過，話說回來，我自己是無能為力的，我只是不可避免的社會罪惡

7 原文為拉丁文。

8 巴斯德（Louis Pasteur, 1822-1895），法國化學家、微生物學家，發明巴氏消毒法。

9 科赫（Robert Koch, 1843-1910），德國細菌學家，發明細菌純培養法和染色法，分離出炭疽桿菌和結核桿菌等病菌。

10 厄爾布魯士（Elbrus），俄國高加索地區海拔很高的山峰。

的一小部分⋯所有地方的文官都是有害的，他們都白領薪金不做事⋯可見我不誠實不能怪我本人，而要怪時代……我要是晚生兩百年，就會不同了……」

等到時鐘敲了三下，他就熄掉燈，走到寢室去。他並不想睡覺。

八

兩年前，地方自治局為表示慷慨，議決在地方自治局醫院開辦之前，每年撥出三百盧布做為補助金，供城內醫院增加醫務人員之用。為了協助安德烈．葉菲梅奇，縣醫生葉甫根尼．費多雷奇．霍包托夫受聘到城裡來了。他還很年輕，不滿三十歲。這是個高身量的黑髮男子，他有高顴骨和小眼睛；他的祖先可能是俄國眾多的異族人之一。他來到城裡，身上一個錢也沒有，只有一隻又小又破的手提箱，還帶著一個難看的年輕女人，他稱她為廚娘。這個女人有個吃奶的嬰兒。葉甫根尼．費多雷奇頭戴有遮簷的制帽，腳穿高筒皮靴，冬天身穿短皮襖。他跟助理醫士謝爾蓋．謝爾蓋伊奇和會計主任交上了朋友，可是不知什麼緣故把別的文官叫做貴族，躲著他們。他的整個住所裡只有一本書，就是《一八八一年維也納醫院最新處方》[11]。他去看病人也總是帶著這本書。每

11 這篇小說發表於一八九二年，因此那些「最新處方」已經相當舊了。

到傍晚他就到俱樂部去打台球，可是他不喜歡打牌。他在談話中很喜歡使用這類字眼：「無聊之至」、「廢話連篇」、「你別故布疑陣」等等。

他每星期到醫院裡來兩次，查病房，看門診。醫院裡完全不用消毒方法和使用吸器的放血法，這些都惹得他氣憤，然而他並沒有引用新的辦法，生怕因此得罪安德烈．葉菲梅奇。他認為他的同事安德烈．葉菲梅奇是個老滑頭，懷疑他有很多錢，私下裡嫉妒他。他恨不得占據他的職位才好。

九

春季三月底的一天傍晚，那是地上已經沒有積雪，歐掠鳥在醫院的院子裡歌唱的時候，醫生送他的朋友郵政局長到大門口。正巧這時候猶太人莫依塞依卡帶著戰利品回來，走進院子。他沒戴帽子，光腳穿著淺腰套鞋，手裡拿著一小包施捨品。

「給我一個銅板！」他對醫生說，微笑著，冷得發抖。安德烈·葉菲梅奇素來不願回絕任何人，就給了他一枚十戈比硬幣。

「這多麼不好啊！」他暗想，瞧著莫依塞依卡的光腳以及又紅又瘦的足踝。「瞧，腳都濕了。」

這在他的心裡激起一種又像是憐憫又像是嫌惡的感情，他跟在猶太人後面往小屋走去，時而看一下他的禿頂，時而看一下他的足踝。醫生一走進去，尼基達就立即從那堆破爛東西上跳起來，挺直身子。

「您好，尼基達，」安德烈．葉菲梅奇聲音柔和地說。「發給這個猶太人一雙靴子或什麼吧，要不然他會感冒。」

「是，閣下。我去報告總務長。」

「勞駕。您用我的名義拜託他好了。您就說這是我提出的請求。」

從前廳通到病房去的門敞開著。伊凡．德米特利奇在床上躺著，用手肘把身子支起來，不安地聽著生疏的說話聲，忽然認出了醫生。他氣得渾身發抖，跳下床，臉色通紅而兇惡，眼睛瞪得很大，跑到病房的中央。

「大夫來了！」他叫道，哈哈大笑。「總算來了！諸位先生，我給你們道喜，大夫大駕光臨了！該死的壞蛋！」他尖聲叫道，跺一下腳，氣得發狂，以前病房裡誰也沒見到他這樣暴怒過。「打死這個壞蛋！不，打死都不解恨！把他淹死在糞坑裡才好！」

安德烈．葉菲梅奇聽見這話，就從前廳探頭往病房裡看一眼，聲音柔和地問道：「這是為什麼？」

「為什麼？」伊凡．德米特利奇叫道，帶著威嚇的神情走到他跟前，並急忙把身上的長袍裹緊。「為什麼？你是賊！」他憎惡地說，嘴唇動著，彷彿要啐唾沫似的。「騙子！劊子手！」

「請您安靜一下，」安德烈．葉菲梅奇說，負疚地微笑著。「我向您保證，我從沒偷過什麼東西；至於別的話，您可能說得過火了。我看得出來您在生我的氣。您安靜一下，我拜託您。如果可能的話，請您冷靜地告訴我，您為什麼生氣？」

「那你為什麼把我關在這兒？」

「因為您有病。」

「對，我有病。可是你要知道，有成百上千的瘋子自由地走來走去，因為你糊塗得分不清瘋子和健康的人。可是為什麼我還有這些不幸的人，必須像代罪羔羊似的代替其他人關在這兒？你、助理醫士、總務長和所有你們這些醫院裡的混蛋，在道德方面不知比我們之中每個人要卑下多少，可是為什麼關在這兒的是我們而不是你們？這是什麼道理？」

「這跟道德方面和邏輯全不相干，一切都要看運氣。誰要是被關在這兒，他就只好待在這兒，誰要是沒被關在這兒，誰就能到處溜達，就是這麼回事。至於我為什麼是醫生，而您是精神病人，這既與道德無關，也和邏輯無關，純粹是由於簡單的偶然性而已。」

「這種廢話我不懂……」伊凡・德米特利奇聲音沉悶地說，在他的床上坐下。

尼基達當著醫生的面不便搜查莫依塞依卡，於是那個猶太人便把一塊塊麵包、紙片、小骨頭攤在他自己的床上，他仍然冷得發抖，嘴裡用唱歌般的音調很快地說著猶太話。大概他以為他在開店鋪了。

「放我出去，」伊凡・德米特利奇說，他的嗓音發顫。

「我辦不到。」

「可是為什麼？為什麼呢？」

「因為這不是我能決定的。您來判斷一下吧，如果我把您放了，這於您有什麼好處呢？您出去吧。城裡人或者警察會把您抓住，送回來的。」

「對了，對了，這倒是實話……」伊凡・德米特利奇說，擦著他的額頭。「這真可怕！可是我該怎麼辦呢？怎麼辦呢？」

安德烈・葉菲梅奇喜歡伊凡・德米特利奇的說話聲和年輕聰明的面容，以及他那種愁苦的樣貌。他想對這個年輕人親熱點，安慰他一下，他就在床上挨著他坐下，沉吟一下，說：

「您問該怎麼辦。處在您的地位最好是從這兒逃走。但很可惜，這沒有用。您會被抓。社會在防範罪犯、精神病人以及其他麻煩的人方面是不會善罷甘休的。您只有一條路可走，那就是心平氣和地認定您非住在這裡不可。」

「這對任何人都沒有必要。」

「一旦有了監獄和瘋人院，那就總得有人關在裡面才行。不是您就是我，不是我就是其他人。您等著吧，到遙遠的未來，監獄和瘋人院絕跡的時候，就再也不會有這種鐵格窗，不會有這種長袍了。當然，那樣的時代是遲早要來的。」

伊凡．德米特利奇冷笑。

「您在說笑話了，」他瞇細眼睛說。「像您和您的助手尼基達這樣的上流人士，跟未來毫不相干。不過您可以放心，先生，美好的時代會來的！讓我用俗話來表白一下我的想法，您儘管笑我吧，反正新生活的曙光會大放光芒，真理會勝利，於是——我們的時代便來臨了！我是等不到那一天了，我會死掉，可是別人的後代會等到的。我全心全意地祝賀他們，我高興，為他們高興！前進啊！求上帝幫助你們，朋友們！」

伊凡．德米特利奇閃著亮晶晶的眼睛站起來，向窗子那邊伸出手去，聲調激動地繼續說道：

「我從這鐵格窗裡祝福你們！真理和正義萬歲！我高興啊！」

「我看不出有什麼特殊的理由要高興。」安德烈．葉菲梅奇說，他覺得伊凡．德米特利奇的動作像在演戲，同時又覺得很喜歡。「監獄和瘋人院將來都不會有，真理會像您所說的那樣得勝；然而您要知道，事物的本質是不會改變的，自然界的規律依然如故。人們如同現在一樣，還是會生病、衰老、死亡。不管將來有多麼燦爛的曙光照亮您的生活，可是到頭來您還是會躺進棺材，被人釘上釘子，丟進墓穴裡。」

「那麼永生呢？」

「哎，算了吧！」

「您不相信，可是呢，我卻相信。不知是杜斯妥也夫斯基的書裡還是伏爾泰的書裡，有個人物說：要是沒有上帝，人們就應當造出一個來[12]。我深深地相信，如果沒有永生，那麼偉大的人類智慧遲早會把它造出來。」

「說得好，」安德烈．葉菲梅奇說，愉快地微笑著。「您相信，這是好事。人有了這樣的信心，哪怕幽禁在四堵牆當中，也能生活得很快樂。您以前在什麼地方受過教育吧？」

「是的，我上過大學，可是沒有畢業。」

「您是個有思想和愛思考的人。在任何環境裡您都可以保持內心的平靜。那種極力要理解生活、自由而深入的思考，那種對人間的無謂紛擾的全然蔑視，這是兩種幸福，人類從來沒有領略過超越這兩者的幸福。您哪怕在三道鐵柵欄裡生活，也能享受這樣的幸福。第歐根尼[13]住在木桶裡，可是他比天下所

---

12 法國作家、哲學家、政論家伏爾泰（1694-1778）在〈寄語論三名覬覦王位者的新書的作者〉（1769）一文中說：「如果上帝不存在，就應當把它造出來。」俄國作家杜斯妥也夫斯基透過他的長篇小說《卡拉馬佐夫兄弟們》中一個人物之口引用了上述的話，而且增補了一句：「而且確實，人類造出上帝來了。」——俄文本編者註

13 第歐根尼（Diogenes，西元前412?-323），古希臘哲學家。關於他的生活，有很多傳說保留下來。據說這位哲學家奉行極端的禁欲主義，住在木桶裡；而且他還大白天提著燈尋找有權利被稱為人的人。——俄文本編者註

有的皇帝都幸福。」

「您那個第歐根尼是蠢貨，」伊凡．德米特利奇陰鬱地說。「您幹什麼跟我談第歐根尼，談什麼理解生活？」他忽然生氣了，跳起來大叫。「我愛生活，熱烈地愛生活。我得了被迫害妄想症，經常恐懼得厲害；然而有些時候我的心裡卻充滿對生活的渴望，在那種時候我總害怕自己會發瘋。我非常想生活，非常想！」

他激動地在病房裡走來走去，然後壓低了嗓音說：

「每逢我幻想的時候，我的腦子裡就會生出種種幻覺。似乎有人走到我跟前來，我聽見說話聲和音樂聲，我覺得自己好像在一個樹林裡或者海岸邊散步，我那麼熱切地渴望紛擾，渴望忙碌……請您告訴我，外邊有什麼新聞嗎？」伊凡．德米特利奇問。「外邊怎麼樣？」

「您想知道城裡的情況呢，還是一般的情況？」

「哦，您先告訴我城裡的情況，然後再講一講一般的情況。」

「好吧。城裡乏味得難受……找不到一個人可以談談天，也聽不到任何人說出有意思的話。沒有什麼新來的人。不過倒有一個年輕的醫生霍包托夫不久之前來了。」
「居然在我活著的時候就有人來了。他怎麼樣，是個俗物嗎？」
「是的，他是個沒有教養的人。您要知道，這真奇怪……根據一切跡象來判斷，在我們的一些大城市裡，智力並沒有停滯，而是在活動——也就是說，那邊一定有真正的人；可是不知什麼緣故，每次從那兒派到我們這兒來的，都是些教人看不上眼的人。這個不幸的城鎮啊！」
「是啊，這是個不幸的城鎮！」伊凡・德米特利奇歎了口氣說道，隨後又笑起來。「那麼，一般的情況怎麼樣？報紙和雜誌上有些什麼文章？」
病房裡已經暗下來。醫生站起來，站在那兒開始描述國外和俄國國內人們寫了些什麼文章，目前可以看出有什麼樣的思想潮流。伊凡・德米特利奇注意地聽著，提出些問題，可是忽然間，彷彿想起了什麼可怕的事，他抱住頭，在床上躺下，背對著醫生。
「您怎麼了？」安德烈・葉菲梅奇問。
「您休想再聽見我說一個字！」伊凡・德米特利奇粗暴地說。「讓我靜一靜！」

「這是為什麼？」

「我跟您說：讓我靜一靜！幹麼追問？」

安德烈．葉菲梅奇聳聳肩膀，歎口氣，走出去。他走過前廳的時候說：

「您最好把這個地方收拾一下，尼基達……氣味難聞極了！」

「是，閣下。」

「多麼令人喜歡的年輕人！」安德烈．葉菲梅奇心裡想著，走回他的寓所。「我在此地住了這麼久，他似乎是頭一個可以談談天的人。他善於思考，所關心的也正是應該關心的事。」

當他看書以及後來躺下睡覺的時候，一直在想伊凡．德米特利奇，第二天早晨醒來，想起昨天與一個聰明而有趣的人相識，就決定一有機會要再到他那兒去一趟。

十

伊凡·德米特利奇仍然照昨天的姿勢躺著，兩隻手抱住頭，腿縮起來。旁人看不見他的臉。

「您好，我的朋友，」安德烈·葉菲梅奇說。「您沒睡著吧？」

「第一，我不是您的朋友，」伊凡·德米特利奇嘴對著枕頭說，「第二，您算是白忙了；您休想從我的嘴裡掏出一句話來……」

「奇怪，」安德烈·葉菲梅奇狼狽地呢喃。「昨天我們談得那麼融洽，可是忽然，不知什麼緣故，您嘔氣了，一下子不談下去了……多半是我說了什麼不得體的話，或者講出了不符合您的信念的想法……」

「哼，居然要我相信您的話！」伊凡·德米特利奇說，欠起身來，譏誚而不安地瞧著醫生。他的眼睛是紅的。「您可以到別的地方去偵察，刺探，可是在這兒您無能為力。我昨天就已經明白您來的目的了。」

「奇怪的想法！」醫生含笑說。「那麼您以為我是密探吧？」

「是的，我認為是這樣……密探也好，大夫也好，都是一回事，反正都是派來刺探我的。」

「哎，說真的，請原諒我直說，您可真是個怪人！」

醫生在床邊的凳子上坐下，不以為然地搖頭。

「不過，就算您說得不錯，」他說，「就算我在陰險地套出您的話來，好把您告到警察局去，他們就逮捕您，審判您；可是難道您在法庭上和監獄裡會比待在這兒更糟？如果您被判終生流放，甚至服苦役，難道那就比關在這間病房裡更糟？我覺得不見得更糟……那麼您有什麼好害怕的呢？」

這些話看來對伊凡．德米特利奇起了作用。他放心地坐下了。

那是下午四點多鐘——平日，在那種時候，安德烈．葉菲梅奇總是在自己家裡各個房間裡走來走去，達留希卡問他是不是到喝啤酒的時候了。今天外面沒有風，天氣晴朗。

「我飯後出來散步，喏，您看，我就順便走到這兒來了，」醫生說。「現在完全是春天了。」

「現在是幾月？三月嗎？」伊凡・德米特利奇問。

「是的，三月底。」

「外面滿地是泥濘嗎？」

「不，不很泥濘。院子裡已經有路可走了。」

「現在要是能坐上四輪馬車到城外去兜兜風，那才好呢，」伊凡・德米特利奇說，揉揉他的紅眼睛，彷彿剛睡醒似的，「然後回到家裡，走進溫暖舒適的書房，然後……然後找個好大夫治一下頭痛……我已經很久沒有照普通人那樣生活了。這兒真糟！糟得令人受不了！」

他經歷過昨天的激動以後，感到疲乏，無精打采，講話也不起勁了。他的手指發抖，從他的臉上可以看出他頭痛得厲害。

「溫暖舒適的房間和這個病房之間並沒有什麼差別，」安德烈・葉菲梅奇說。「安寧和滿足不是在人的外部，而是在人的內心。」

「這話怎麼講？」

「普通人是從身外之物，也就是從馬車和書房，尋求善或惡——而有思想的人卻在自己的內心找尋這些東西。」

「您到希臘去宣傳這種哲學吧。那兒天氣暖和，瀰漫著酸橙的香氣，但是這種哲學卻跟這兒的氣候不相配。我跟誰談起第歐根尼來著？莫非就是跟您談過？」

「是的，昨天跟我談過。」

「第歐根尼不需要書房跟溫暖的住處，那邊沒有這些東西也已經夠熱的了。儘管睡在木桶裡，吃橙子和橄欖好了。不過，要是他有機會到俄國來生活，那麼，別說是十二月，就是在五月裡他也會要求進到屋裡去。恐怕他會冷得縮成一團呢。」

「不。一個人對於寒冷，如同對於所有的痛苦一樣，人能夠全無感覺。馬可．奧理略[14]說：『痛苦乃是一種生動的痛苦概念；如果你運用意志力改變這種概念，丟開它，不再訴苦，痛苦就會消散。』[15]這話是中肯的。大聖大賢或者單純有思想和愛思考的人，其所以與眾不同，恰恰就在於蔑視痛苦。他們永遠心滿意足，對任何事情都不感到驚訝。」

「這樣說來我就是個呆子，因為我痛苦，不滿足，對人的卑劣感到驚訝。」

「您不該這樣說。如果您多想一想，就會明白所有這些使我們激動的身外之物都是多麼渺小。人應當力求理解生活，真正的幸福就在於此。」

「理解……」伊凡．德米特利奇說，皺起眉頭。「什麼身外之物啦，內心啦……對不起，這我都不懂。我只知道，」他說著，站起來，氣憤地瞧著醫生，「我只知道上帝是用熱血和神經把我創造出來的，是啊！人的機體組織如果是有生命的，就必然對一切刺激有反應。我就有反應！我用喊叫和淚水回應痛苦；用憤怒回應卑劣；用厭惡回應淫猥。依我看來，這才叫做生活。機體越低級，它的敏感性就越差，對刺激的反應也越弱；機體越高級，就越敏感，對現實的反應也越有力。這點道理您怎麼會不懂呢？您是醫生，卻不懂這類小問題！為了蔑視痛苦，永遠心滿意足，對任何事情都不感到驚訝，一個人就得弄到這般地步，」伊凡．德米特利奇指了指滿身脂肪的胖農民，「或者，必須在苦難中把自己磨練得麻木不仁，對苦難失去一切感覺——換句話說，也就是停

---

14 馬可．奧理略（Marcus Aurelius, 121-180），羅馬皇帝，為斯多噶學派哲學家。

15 在契訶夫的故鄉塔干羅格的契訶夫私人圖書館裡保存著《馬可．奧理略．安東尼皇帝自省錄》一書，上有契訶夫的很多批註。此處的一段話即引自該書。——俄文本編者註

止生活。對不起，我不是聖賢，也不是哲學家，」伊凡·德米特利奇氣憤地繼續說，「那些道理我一點也不懂，我也不善於講道理。」

「正好相反，您講起道理來很出色。」

「您所模擬的斯多噶學派[16]哲學家們是些了不起的人，然而他們的學說遠在兩千年前就已經停滯，沒有前進過一步，將來也不會有進展，因為它不切實際，脫離生活。它只在以研究和反芻各種學說消磨生活的少數人當中獲得成功，而大多數人卻無法理解它。凡是宣揚漠視富裕、漠視生活的舒適、蔑視痛苦和死亡的學說，對絕大多數人來說是根本無法理解的，因為大多數人從沒享受過富裕，也從沒享受過生活的舒適；對他們來說，蔑視痛苦無異於蔑視生活本身，因為人的全部實質就是由飢餓、寒冷、委屈、損失等感覺以及面對死亡的哈姆雷特式的恐懼構成的。生活的全部不外乎這些感覺；人可以因它而苦惱，憎恨它，可是不能蔑視它。是啊，我再說一遍，斯多噶學派的學說絕不可能有前途。從開天闢地起直到今天，您看，不斷進展著的是奮鬥、對痛苦的敏感、對刺激的反應能力……」

伊凡·德米特利奇忽然思路中斷，停住口，煩惱地擦著額頭。

「我本來想說一句重要的話，可是我的思路亂了，」他說，「剛才我說什麼來著？對了！我想說的是這個：有一個斯多噶學派的人為了替一個鄰居贖身，就自己賣身做了奴隸。那麼，您看，即使斯多噶學派也對刺激做出了反應；因為要做出這種捨己為人的慷慨行動，他必須有能夠憤慨和憐憫的靈魂才行。我在這兒，在這個監獄裡，已經把我學過的東西統統忘光了，要不然我還能想起一點什麼來。那麼拿基督來說，基督對現實生活的反應是哭泣、微笑、憂傷、氣憤，甚至苦惱。他並沒有帶著笑容去迎接痛苦，也沒有蔑視死亡，而是在客西馬尼花園[17]裡禱告，求這個杯子離開他。」

伊凡．德米特利奇笑起來，坐下。

「姑且假定人的安寧和滿足不在外界，而在自己內心，」他說。「姑且假定人必須蔑視痛苦，對任何事情都不感到驚訝吧，可是您有什麼理由宣揚這些

---

16 斯多噶學派為自西元前四世紀起在古代奴隸占有制社會興起的一個哲學派別，認為智者應該順應自然，清心寡欲。晚期斯多噶學派宣揚唯心主義的宿命論觀點。

17 客西馬尼花園（Garden of Gethsemane），猶大出賣耶穌的地方。參看《新約．馬太福音》，第二十六章三十六節。

呢？您是聖賢？是哲學家？」

「不，我不是哲學家，可是每個人都應當宣揚它，因為它是合情合理的。」

「不，我想知道為什麼您自認為有資格評斷理解生活、蔑視痛苦，和諸如此類的事。莫非您以前受過苦？您懂得什麼叫痛苦？請容我問一句：您小時候挨打過嗎？」

「不，我的父母是厭惡體罰的。」

「可是我的父親卻死命地打過我。我的父親是個性情專橫、害著痔瘡的文官，鼻子很長，脖子發黃。不過我們還是來談您吧。您有生以來，誰也沒有用手指頭碰過您一下，誰也沒有嚇唬過您，把您打得死去活來；您健壯得像牛一樣。您在父親的羽翼下長大成人，由他出錢供您讀書，後來又一下子謀到了這個俸祿很高而工作清閒的職位。二十多年來您住著不花錢的房子，由公家供爐火，供燈燭，供僕役，同時又有權利愛怎麼工作就怎麼工作，愛工作多久就工作多久，即使什麼都不幹也沒關係。您天生是個軟弱的懶人，因而極力把生活安排得不讓任何事情來驚擾您，免得您得動一動。您把工作交給助手和其他的壞蛋去做，自己卻在溫暖而清靜的地方坐著，積攢錢財，閱讀書籍，以思索各種高超的無聊問題為樂，而且，」說到這兒，伊凡・德米特利奇瞧了瞧醫生的紅鼻子，「喝酒。事實上，您並沒見識過生活，完全不了解它，只在理論上認識現實生活。至於您蔑視痛苦，對任何事情都不感到驚訝，那理由很簡單：一切皆是空虛啦，外界和內心啦，蔑視生活、痛苦和死亡啦，理解生活啦，真正的幸福啦等等，所有這些都是最適合俄國懶漢的哲學。比方說，您看見一個農民打他的妻子。何必多管閒事呢？讓他去打好了，反正這兩個人遲早都要死的，況且打人的人在打人這件事上所侮辱的並不是挨打的人，卻是他自己。酗酒是愚蠢、不像樣的，然而喝酒也是死，不喝酒也是死。有一個村婦來了，她牙痛……哼，那又有什麼關係？痛苦乃是痛苦的概念，再說人生在世免不了生病，大家都要死的；因此，娘們兒，去你的吧，不要妨礙我思考和喝伏特加酒。一個青年來請教該做些什麼事，該怎樣生活；換了別人，在回答以前總要想一想，可是您的答案卻是現成的：努力去理解吧，或者努力去追求真正的幸福吧。可是這種神話般的『真正的幸福』究竟是什麼東西呢？當然，答案是沒有的。在這兒，我們被關在鐵格窗裡，長期幽禁，受盡折磨，然而這挺好，合情合理，因為這個病房和溫暖的書房之間沒有任何差別。好愜意的哲學：什麼

十一

這次談話又持續了近一個鐘頭，顯然給安德烈．葉菲梅奇留下了深刻的印象。他從此每天都到病房去。他早晨到那兒去，午後也去，近黃昏的時候，他又常常與伊凡．德米特利奇談天。起初伊凡．德米特利奇見著他覺得有點拘束，疑心他不懷好意，公開表示反感；不過後來與他熟處，他生硬的態度變成了傲慢、譏誚的態度。

不久醫院裡就傳遍流言，說是醫生安德烈．葉菲梅奇開始常到第六病房去了——謝爾蓋．謝爾蓋伊奇也罷，尼基達也罷，助理護士也罷——誰都不明白他為什麼到那兒去，為什麼在那兒一坐幾個鐘頭，談了些什麼，為什麼不開藥方。他的行動顯得古怪。米哈依爾．阿威良內奇常常發現他不在家，這種情況在以前從未有過，達留希卡也惶恐不安，因為醫生不再按一定的時間喝啤酒，有的時候連吃飯都來遲了。

有一天——那已經是六月底——霍包托夫醫生有事去找安德烈．葉菲梅奇，卻發現他不在家，就到院子裡去找他；在那兒，有人告訴他說老醫生到精神病人那兒去了。霍包托夫走進小屋，在前廳裡站住，聽見了這樣的談話：

「我們永遠也談不攏，您要叫我改信您那種信仰是辦不到的，」伊凡．德米特利奇忿忿地說。「您完全不熟悉現實生活，您從沒受過苦，卻像負泥蟲[19]那樣靠別人的痛苦生活。可是我從生下來那天起直到今天都在不斷地受苦。因此我要坦率地說，我認為我在各方面都比您高明，比您在行。您不配開導我。」

「我根本就無意於要您改信我的信仰，」安德烈．葉菲梅奇低聲說，帶著惋惜對方不願理解他的心意的口氣。「問題不在這兒，我的朋友；問題不在於您受過苦而我沒受過苦。痛苦和歡樂都是暫時的；我們不談這些，去它們的吧。問題在於我和您都在思考，我們看出彼此都是善於思考和推理的人，不管我們的見解怎樣分歧，這一點卻把我們聯繫起來了。但願您知道，我的朋友，我多麼厭惡那普遍存在的狂妄、平庸和愚鈍，我每次跟您談話有多麼高興！您是聰明人，我感到跟您在一起很快活。」

霍包托夫把門推開一條縫，往病房裡看了一眼。戴著尖頂帽的伊凡．德米特利奇和安德烈．葉菲梅奇醫生並肩坐在床上。瘋子愁眉苦臉，打著哆嗦，顫巍巍地裹緊身上的長袍；醫生則耷拉著腦袋，坐在那兒不動，他臉面通紅，束手無策，心情憂鬱。霍包托夫聳聳肩膀，冷冷地一笑，跟尼基達互相看一眼。尼基達也聳了聳肩膀。

第二天，霍包托夫跟助理醫士一起來到小屋裡。兩個人站在前廳偷聽。

「看樣子，我們的老頭子頭腦完全發昏了！」霍包托夫說著，從小屋裡走出去。

「主啊，饒恕我們這些罪人吧！」莊嚴的謝爾蓋．謝爾蓋伊奇歎道，小心地繞過水窪，免得弄髒他擦亮的皮靴。「老實說，尊敬的葉甫根尼．費多雷奇，我早就料到會這樣！」

19　一種水稻害蟲。

十二

此後，安德烈．葉菲梅奇開始發覺四周有一種神祕的氣氛。雜役、助理護士、病人等，一遇見他就用疑問的目光瞧著他，然後交頭接耳，竊竊私語。往常他總是喜歡在醫院的院子裡遇見總務長的小女兒瑪霞，現在他帶著笑容走到她跟前去，想摩挲她的小腦袋，可是不知什麼緣故，她從他身邊跑掉了。郵政局長米哈依爾．阿威良內奇聽他講話時不再說「完全對」，卻帶著莫名其妙的慌張神情支吾道：「是啊，是啊，是啊……」同時若有所思而憂傷地瞧著他。不知什麼緣故，他開始勸他的朋友戒掉伏特加酒和啤酒；然而他是個感情細膩的人，沒有直截了當地說出來，而是用種種暗示，他先講起他軍隊中的一個營長，那是個極好的人，接下來講起軍團裡的神父，一個挺不錯的人，他們都常喝酒，得了病，不過後來戒了酒，病就完全好了。安德烈．葉菲梅奇的同事霍包托夫來過兩三次，他也勸他戒酒，而且無緣無故地建議他服用溴化鉀[20]。

八月間，安德烈·葉菲梅奇收到市長的一封信，約他去談一件很重要的事。安德烈·葉菲梅奇按約定的時間來到市政府，他發現軍事長官、政府委派的縣立學校校長、市參議員和霍包托夫都在那兒，另外還有一個體態豐滿、頭髮金黃色的先生，經過介紹，他才知道這是位醫生。這位醫生有著一個很難發音的波蘭人的姓，住在離城鎮二十哩的純種馬畜牧場上，現在湊巧路過這個城鎮。

「這兒有一份申請書，關係到您的工作部門，」等到大家互相打過招呼、圍著桌子坐下後，市參議員對安德烈·葉菲梅奇說。「喏，葉甫根尼·費多雷奇說，主樓裡的藥房嫌小，應當搬到小屋去。這當然沒有問題，搬去未嘗不可——然而主要的問題在於那所小屋需要修繕了。」

「是的，不修繕不行了，」安德烈·葉菲梅奇沉吟一下說。「比方說，如果把院角的小屋改做藥房，那麼這工程至少要用五百盧布。這是一筆沒有成果

---

20 一種鎮靜劑。

的開支。」

大家沉默了一會兒。

「十年前我就呈報過，」安德烈．葉菲梅奇繼續低聲說，「我認為這個醫院若是保持現狀，那麼，它對這個城市來說，是一種超過負擔能力的奢侈品。它是在四〇年代建成的，不過要知道，那時候的條件跟現在不同。這個城鎮把過多的錢花在不必要的建築和多餘的職位上。我想，換一個辦法，花同樣多的錢就可以辦兩所模範醫院。」

「那我們就來採取另一種辦法好了！」市參議員趕忙說。

「我已經呈報過，把醫療部門移交地方自治局辦理。」

「是啊，您把錢交給地方自治局，它可就塞進腰包裡去了，」金黃色頭髮的醫生笑著說。

「照例如此，」市參議員同意道，也笑起來。

安德烈．葉菲梅奇用無精打采、黯淡無光的眼睛瞧著金黃色頭髮的醫生說：「我們應當公正才對。」

又是沉默。茶端上來了。軍事長官不知什麼緣故顯得很窘，隔著桌子碰了碰安德烈．葉菲梅奇的手，說道：「您完全把我們忘掉了，大夫。不過您是修士：既不打牌，也不喜歡女人。您跟我們這班人來往一定覺得沒意思。」

大家講起正派人在這個城裡生活感到多麼乏味。沒有劇院，沒有音樂，最近俱樂部裡的跳舞晚會上，女人倒有二十位上下，男舞伴卻只有兩位。年輕男子不跳舞，一直聚集在餐飲部附近或者打牌。

安德烈．葉菲梅奇眼睛不瞧任何人，緩慢而低聲地講起城裡人把精力、心靈和智慧耗費在打牌和造謠上，不善於而且不願意把時間用在有趣的談話和讀書上，不願意享受智慧所提供的快樂，這是多麼可惜，可惜極了。只有智慧才有趣，才值得注意，其餘的一切都是低級、鄙俗的。霍包托夫注意地聽他的同事講話，忽然問了一句：

「安德烈．葉菲梅奇，今天是幾月幾號？」

霍包托夫和金黃色頭髮的醫生聽到回答後，就用一種自己也覺得不高明的主考人的口氣盤問安德烈．葉菲梅奇今天是星期幾，一年共有多少天，第六病房裡是否住著一個出色的先知。

回答最後一個問題的時候，安德烈．葉菲梅奇臉紅了，說：「是的，他是個瘋子，但他是個有趣的年輕人。」

此外他們沒有再問他什麼話。

等到他在前廳穿上大衣，軍事長官就把手放在他的肩膀上，歎口氣說：

「該是我們這些老頭子退休的時候了！」

安德烈．葉菲梅奇從市政府裡走出來，心裡才明白這是一個奉命考察他的智力的委員會。他回想向他提出的各種問題，臉變得通紅，而且，不知什麼緣故，他有生以來第一次沉痛地為醫學惋惜。

「我的上帝啊，」他回憶剛才醫生考問他的那些問題，暗自想道，「要知道他們還是前不久才聽過精神病學的課，參加過考試，可是怎麼會這樣一竅不通呢？他們連精神病學的概念都沒有！」

他生平第一次感到受了侮辱，生氣了。

當天傍晚米哈依爾．阿威良內奇來看他。這個郵政局長沒有打招呼，徑直走到他面前，抓住他的兩隻手，用激動的聲調說：

「我親愛的夥伴，我親愛的朋友，請您向我表明您相信我真誠的好意，把我看做您的朋友！」他不容安德烈．葉菲梅奇開口講話，繼續激動地說：「我因為您有教養、心靈高尚而喜愛您。您聽我說，我親愛的老友。專業的規定不容許那些醫生把真相告訴您，然而我要照軍人那樣實話實說：您的身體可是不好啊！請您原諒我，我親愛的夥伴，不過這是實情；所有您四周的人早就注意到這一點了。剛才葉甫根尼・費多雷奇醫生對我說，為了有利於您的健康，您務必要休息一下，散散心。完全對！好極了！過幾天我就要去度假，出外去換換不同的空氣。請您表明您是我的朋友，我們一塊兒走吧！我們按老章法，一塊兒出去吧。」

「我覺得身體完全健康，」安德烈・葉菲梅奇沉吟了一下說。「我不能走。請您容許我用別的方式向您表明我的友情吧。」

丟開書本，丟開達留希卡，丟開啤酒，出外走一趟，既不知道到哪兒去，也不知道為什麼要去，全然打破已經建立了二十年之久的生活秩序，這種想法他一開頭就覺得稀奇古怪。然而他想起剛才在市政府裡的談話，以及從市政府出來，在回家的路上體驗到的沉重心情，於是認為暫時離開這個城鎮，避開那些把他看做瘋子的蠢人，也未嘗不可。

「那麼您究竟打算到哪兒去呢？」他問。

「到莫斯科去，到聖彼得堡去，到華沙去……以前我在華沙度過了我一生中最幸福的五年歲月。多麼驚人的城市啊！我們去吧，我親愛的朋友！」

十三

過了一個星期，安德烈．葉菲梅奇聽到建議，要他休養一下──也就是要他提出辭呈──他毫不在乎地照著做了。再過一個星期，他就和米哈依爾．阿威良內奇坐上郵車，動身到最近的火車站去。那天天氣涼爽，晴朗，天空呈蔚藍色，遠處的景物可以看得很清楚。那兒離火車站有五十哩，坐馬車走了兩天，路上過了兩夜。每逢驛站上的人替他們端來茶水，而茶杯卻沒洗乾淨，或者套車的時間長了一點，米哈依爾．阿威良內奇總是漲紅了臉，渾身發抖，嚷道：

「閉上你的嘴！不准強辯！」

他坐上馬車就一刻也不停地講他從前到高加索和波蘭王國去的旅行情況，有多少奇聞，有什麼樣的遭遇。他大聲講話，一面朝著安德烈．葉菲梅奇的臉上噴氣，對著他的耳朵哈哈大笑。這惹得醫生很不自在，妨礙他思考和聚精會神。

到了火車站，他們為省錢而搭乘三等客車，坐在一個禁止吸菸的車廂裡。乘客有一半是上流人士。米哈依爾．阿威良內奇很快就跟所有人認識了，從這個座位移到那個座位，大聲說不應該在這樣糟糕的鐵路上旅行。簡直是上當！騎馬趕路那就大不同了：一天走它七十哩。趕完了路還覺得身體健康、精神抖擻呢。講到我們收成不好，那是因為平斯克沼澤地帶排乾了水；總之，一切都亂七八糟。他激昂慷慨，大聲說話，不准別人開口。這種無休無止的嘮叨，再加上高聲大笑和富於表情的手勢，使安德烈．葉菲梅奇感到膩煩。

「我們兩個人到底誰是瘋子？」他懊惱地暗想。「究竟是我這個竭力不驚擾乘客的人呢，還是這個自以為此地所有的人都聰明有趣因而不讓人安寧的利己主義者？」

在莫斯科，米哈依爾．阿威良內奇穿上沒有肩章的軍服和有著紅色鑲邊的長褲。他戴著軍帽，穿著軍大衣上街，兵士們見著他都立正行禮。安德烈．葉菲梅奇現在才知道他的同伴是這樣一個人：他身上原有的貴族性格中好的一面已經消磨殆盡，只剩下糟糕的一面。他喜歡有人伺候他，甚至在完全不必要的時候也是如此。火柴就在他面前的桌子上，他自己也看見了，卻嚷著要僕役給他拿火柴來。他當著女傭的面前只穿著內衣走來走去，也不感到難為情。他對待馬夫，哪怕是老人，也一律以「你」稱呼[21]，一旦火氣上來，就罵他們是蠢貨和混蛋。依安德烈．葉菲梅奇看來，這都是貴族派頭，卻令人討厭。

首先，米哈依爾．阿威良內奇把他的朋友領到伊維爾斯庫教堂去。他熱烈地禱告，磕頭，流淚，等到禱告完畢，就深深歎一口氣，說：

「即使你不信神，可是禱告一下，心裡總還是踏實點。吻聖像吧，我親愛的朋友。」

安德烈．葉菲梅奇很窘，吻了吻聖像。米哈依爾．阿威良內奇縮攏嘴唇，搖著頭，小聲禱告，淚水又湧上了他的眼睛。後來他們到克里姆林宮觀賞沙皇的砲和沙皇的鐘，甚至伸出手指頭去摸一摸。他們欣賞莫斯科河南岸市區的風景，並造訪了救世主教堂和魯米揚采夫博物館。

他們在捷斯托夫餐廳吃飯。米哈依爾．阿威良內奇看了菜單很久，摩挲著

21 有些有教養的人對僕人也稱呼「您」。

他的落腮鬍子，用那種習於在餐廳用餐的美食家的口吻說：
「我們倒要看看今天你們做什麼菜給我們吃，安琪兒！」

十四

醫生各處走著，觀看，吃飯，喝酒，然而他只有一種感覺：惱恨米哈依爾·阿威良內奇。他巴望躲開朋友，休息一下，離開他，藏起來，可是那個朋友卻自認為有責任不讓他離開身邊一步，盡可能地提供他許多娛樂。到了沒有東西可看的時候，他就用聊天來給他解悶。安德烈·葉菲梅奇隱忍了兩天，可是到了第三天，他向他的朋友聲明說，他病了，打算在住處待一整天；他的朋友說，既是這樣，那麼他也留下——確實必須休息一下，要不然兩條腿要吃不消了。安德烈·葉菲梅奇在長沙發上躺著，臉對著椅背，咬緊牙關，聽他的朋友熱烈地向他斷言，法國遲早一定會把德國打得落花流水，說莫斯科有很多騙子，說憑馬的外貌不能判斷牠的優點等等。醫生開始感到耳鳴和心悸，然而為了照顧朋友的情緒，他下不了決心要求朋友走開或者閉嘴。幸好米哈依爾·阿威良內奇覺得坐在旅館房間裡悶得慌，飯後就出去溜達了。

一剩下安德烈・葉菲梅奇一個人，他就感到完全放鬆了。躺在沙發上不動，並清楚知道只有自己一個人在房間裡，這是多麼愉快啊！缺少了孤獨就不可能有真正的幸福。墮落的天使之所以背棄上帝，大概就是因為他渴望獲得天使們沒有領略過的孤獨吧。安德烈・葉菲梅奇本來就打算思考最近幾天來他所見到和聽到的種種事情，可是米哈依爾・阿威良內奇一直縈繞在他的腦際。

「他請了假，跟我一塊兒出外旅行原是出於友善，出於慷慨，」醫生煩惱地暗想，「但是，再也沒有比這種友情的保護更糟糕的事了。我本來以為他是個又善良、又慷慨、又快活的人，不料卻乏味得很。乏味得令人受不了。同樣，有些人平素說的都是些聰明話和好話，可是到頭來原來他們都是些蠢人。」

這以後一連幾天，安德烈・葉菲梅奇說他病了，不肯離開旅館的房間。他躺在那兒，臉對著長沙發的靠背，一旦他的朋友用聊天來給他解悶，他就苦惱、疲憊不堪，當他的朋友不在，他就休息養神。他惱恨自己不該出門，惱恨他的朋友變得越來越嘮叨、隨便。他有意把他的思想引到嚴肅高尚的軌道上去，卻無論如何也辦不到。

「這就是伊凡・德米特利奇所說的現實生活在懲治我，」他暗想，氣惱自己的淺薄無聊。「不過呢，這也不要緊……等我回到家裡，一切就會跟先前一樣了……」

在聖彼得堡，情況也是一樣；他接連幾天沒有走出旅館房間，一直躺在長沙發上，只在喝啤酒時才起來一下。

米哈依爾·阿威良內奇老是催促著要到華沙去。

「我親愛的朋友，我到那兒去幹什麼呢？」安德烈·葉菲梅奇用懇求的聲調說。「您一個人去吧，請您讓我回家吧！我求求您！」

「那可說什麼也不成！」米哈依爾·阿威良內奇抗議道。「那是個了不起的城市。在這個城市裡我度過一生中最幸福的五年歲月！」

安德烈·葉菲梅奇缺乏堅持自己主張的性格，就勉強動身到華沙去了。到了那兒，他不走出旅館房間，躺在長沙發上，生自己的氣，生朋友的氣，生那些怎麼也聽不懂俄國話的僕役們的氣；而米哈依爾·阿威良內奇卻照例健康、高興、精神飽滿，從早到晚在城裡閒逛，尋訪他的老相識。他有好幾次沒在旅館裡過夜。有一天不知他在什麼地方過了一夜，一大早回到旅館裡來，心情極其激動，臉色通紅，頭髮蓬亂。他從這個牆角到那個牆角來回走了很久，嘴裡喃喃自語，後來止了步，說：

「名譽第一啊！」

他又來回走了一會兒，抱著他的頭，用悲慘的聲調說：「是啊，名譽第一啊！當初我居然起意到這個巴比倫[22]來，真是該死！我親愛的朋友，」他對醫生說，「請您藐視我吧，我賭輸了；您借給我五百盧布吧！」

安德烈．葉菲梅奇數出五百盧布，默默地把錢交給他的朋友。他的朋友仍舊因為羞恥和憤怒而滿臉通紅，沒頭沒腦地說了一句不必要的誓言，戴上帽子，走出去了。大約過了兩個鐘頭，他回來，在一把安樂椅上頹然坐下，大聲歎一口氣，說：

「我的名譽總算保全了。我們動身吧；我的朋友！在這個該死的城裡我連一分鐘也不願意多待。騙子！奧地利的間諜！」

兩個朋友回到他們自己的城鎮裡，那已經是十一月，街上鋪著厚厚的積雪。安德烈．葉菲梅奇的職位已經由霍包托夫醫生接替。他仍然住在原來的寓所裡，等著安德烈．葉菲梅奇回來，騰出醫院裡的寓所。他稱之為廚娘的那個醜女人已經在一所小屋裡住下。

城裡正在傳布有關醫院的新流言。據說那個醜女人和總務長吵了一架，總務長在她的面前下跪，討饒。

安德烈．葉菲梅奇回城的第一天，就不得不找房子搬家。

「我的朋友，」郵政局長羞怯地對他說，「原諒我提一個唐突的問題：您手裡有多少存款？」

安德烈．葉菲梅奇默默地數了一下他的錢，說：

「八十六盧布。」

「我問的不是這個，」米哈依爾．阿威良內奇慌張的說，沒有聽懂醫生的話。「我問的是您一共有多少存款。」

「可是我已經跟您說了：八十六盧布……此外我就一個錢也沒有了。」

米哈依爾．阿威良內奇認為醫生是個正直高尚的人，不過仍然猜想他至少有兩萬存款。現在他聽到安德烈．葉菲梅奇成了乞丐，沒有錢維持生計，便忽然不知什麼緣故地哭起來，擁抱他的朋友。

---

22 借喻「亂糟糟的城」，典出《舊約．創世紀》。

十五

安德烈．葉菲梅奇在小市民別洛娃的一所有三扇窗的小房子裡住下來。這所小房子，不把廚房計算在內，只有三個房間。其中兩扇窗臨街的房間由醫生住著，達留希卡和女房東以及三個孩子則住在第三個房間和廚房裡。有的時候女房東的情夫來過夜，那是個醉醺醺的農民，夜裡吵吵鬧鬧，聽得達留希卡和孩子們心驚肉跳。每逢他來了，在廚房裡坐下，開始要酒喝，大家都感到不舒服。醫生出於憐憫，就把啼哭的孩子們帶到他的房間裡來，讓他們在地板上睡下，這使他得到很大的滿足。

他照舊八點鐘起床，喝完茶後坐下來讀他舊日的書籍和雜誌。他已經沒有錢買新的了。不知道是因為那些書都是舊的呢，還是也許因為換了環境，總之讀書不再深深地吸引他，卻使他感到疲勞。為了不至在無所事事中消磨時間，他替他的書開列了一份詳細的書目，在書脊上黏貼小小的標籤，他覺得這種機械而煩瑣的工作倒比讀書有趣。這種單調而煩瑣的工作不知為什麼弄得他的思想昏睡，他什麼也不想，時間過得很快。甚至跟達留希卡一塊兒在廚房裡削馬鈴薯皮，或者揀燕麥粒中的麥屑，他也覺得有趣。每到星期六和星期日，他總是到教堂去。他靠牆站著，瞇細眼睛，聽著唱詩，想起父親，想起母親，想起大學，想起世上各種宗教；他的心平靜而憂鬱。當他事後走出教堂，總是惋惜禮拜儀式結束得太快了。

他兩次到醫院裡去找伊凡．德米特利奇，想跟他談天。可是那兩次伊凡．德米特利奇都異常激動，氣憤。他要求醫生不要來打擾他，因為他已厭煩空談了。他說，他只為他的全部苦難向那些該死的壞人要求一種補償——單身監禁。難道就連這一點他都會遭到拒絕？那兩次安德烈．葉菲梅奇向他告別，祝他晚安的時候，他都沒好氣地哼一聲，說：

「滾你的吧！」

安德烈．葉菲梅奇現在不知道他該不該去第三次。不過他心裡是想去的。

以前在吃過晚飯後的那段時間裡，安德烈．葉菲梅奇總是在房間裡走來走去，一邊思考；可是現在他從吃完晚飯起到喝晚茶為止，一直躺在長沙發上，臉對著靠背，陷入怎麼也無法克制的鄙俗的思想中。他想到他工作了二十多年，卻沒領到養老金，也沒領到一次性的補助金，不由得忿忿不平。不錯，他工作不勤奮，可是要知道，所有的工作人員，不論工作勤奮與否，是一律都領到養老金的。當時的公正在於官階、勳章、養老金不是按照道德品質和辦事才幹發給的，而是只要工作過，不論工作得怎麼樣，都統統照發。那為什麼唯獨他例外呢？他已經一貧如洗了。他不好意思走過小店，瞧著老闆娘。他買啤酒已經欠下三十二盧布，他也欠女房東錢。達留希卡偷偷賣掉舊衣服和舊書，還對女房東撒謊說，不久醫生就會收到很多很多錢。

他生自己的氣，因為他這次旅行花掉了他積蓄下來的一千盧布。這一千盧布留到現在會多麼有用啊！他氣惱的是人家不容他平靜地生活。霍包托夫認為他有責任偶爾來拜訪這個有病的同事。安德烈．葉菲梅奇卻覺得他處處討厭——那張胖臉，那妄自尊大的惡劣口氣，「同事」那兩個字，以及那雙高筒皮靴。最討厭的是他認為替安德烈．葉菲梅奇醫病是他的責任，而且自以為他真的在替他醫病。他每一次來訪都帶著一瓶溴化鉀藥水和一些大黃藥丸。

米哈依爾．阿威良內奇也認為自己有責任來拜訪他的朋友，給他解解悶。

他每次走進安德烈．葉菲梅奇的房間裡，總是裝出隨隨便便的樣子，不自然地揚聲大笑，開口向他保證說，他今天氣色好得很，又說謝天謝地，事情在好轉；其實，由此可斷定，他認為他朋友的情形已經毫無希望了。他仍然沒有償還他在華沙欠下的債，因此不勝羞愧；他感到緊張，所以極力放聲大笑，說些詼諧的話。現在他的奇聞軼事彷彿講不完了，這無論對安德烈．葉菲梅奇還是對他自己來說都成了苦事。

有他在座，安德烈．葉菲梅奇照例躺在長沙發上，臉對著牆，咬緊了牙聽他講話。他的心上壓著一層層的厭惡，他的朋友每來拜訪一次，那些厭惡就長高一層，好像就要湧到他的喉頭。

為了撲滅這些鄙俗的思想，他趕緊思忖：他自己也罷，霍包托夫也罷，米哈依爾．阿威良內奇也罷，遲早都要死的，在自然界連一點痕跡也不會留下。如果想像一百萬年後有個精靈飛過地球，在空中遨翔，那它就只會看見黏土和光禿的峭壁。所有一切——不論是文化還是道德準則——都會消滅，連雜草也生不出來。那麼在小店老闆娘面前害臊也好，渺小的霍包托夫也好，米哈依爾．阿威良內奇的令人難受的友誼也好，又有什麼意義呢？這一切都瑣瑣碎

十六

有一次，那是吃過晚飯後，安德烈・葉菲梅奇正在長沙發上躺著，米哈依爾・阿威良內奇來了。恰巧這個時候霍包托夫也拿著溴化鉀藥水瓶來了。安德烈・葉菲梅奇費力地爬起來，坐好，兩條胳膊撐在長沙發上。

「您今天的臉色比昨天好多了，我親愛的朋友，」米哈依爾・阿威良內奇開口說，「真的，您的精神煥發，精神煥發。」

「是您該復元的時候了，親愛的同事，」霍包托夫打著呵欠說。「拖那麼長的時間，恐怕您自己也感到膩煩了。」

「咱們會復元的！」米哈依爾・阿威良內奇快活地說。「咱們會再活一百年的！沒錯！」

「一百年倒活不了，不過二十年總還行，」霍包托夫安慰道。「沒關係，沒關係，同事，您不要灰心……別胡思亂想啦。」

「我們還要大顯身手呢！」米哈依爾．阿威良內奇哈哈大笑說，拍了拍朋友的膝蓋。「我們還要大顯身手呢！明年夏天，求上帝保佑，咱們到高加索去，我們要騎著馬走遍各處，唷！唷！唷！等到從高加索回來，瞧著吧，說不定咱們還要在婚禮上跳舞呢。」米哈依爾．阿威良內奇說，調皮地眨了眨眼睛。「我們會給您說成一門親事的，我親愛的朋友……會給您說一門親事的……」

安德烈．葉菲梅奇忽然感到厭煩湧上了喉頭。他的心開始怦怦直跳。

「這是庸俗！」他說著，很快地站起來，往窗子那邊走去。「難道你們不明白你們說的話俗不可耐？」

他想溫和而有禮貌地繼續說下去，可是違背他的本意，他忽然捏緊拳頭，高高地舉到頭頂上。

「讓我靜一靜！」他叫道，嗓音都變了，滿臉通紅，渾身發抖。「出去！你們倆都出去！你們倆！」

米哈依爾．阿威良內奇和霍包托夫站起來，先是帶著詫異地瞧著他，後來驚慌了。

「你們倆都出去！」安德烈．葉菲梅奇繼續嚷道。「蠢材！愚人！我不稀罕這種友誼，不希望你的藥品，蠢材！庸俗！可惡！」

霍包托夫和米哈依爾．阿威良內奇張皇失措地面面相覷，退到門口，走進前廳。安德烈．葉菲梅奇抓起那瓶溴化鉀，朝他們背後扔過去，藥水瓶摔在門檻上，砰的一聲碎了。

「滾蛋！」他用哭泣的聲音叫道，跑到前廳去。「滾！」

客人走後，安德烈．葉菲梅奇像發燒那樣顫抖著，在長沙發上躺下，反覆說了很久：「蠢材！愚人！」

等到他冷靜下來，他首先想到可憐的米哈依爾．阿威良內奇此刻一定羞愧難當，心裡難受，這一切真可怕。這樣的事以前從來沒有發生過。頭腦和分寸到哪兒去了？對事物的理解和哲學家那樣的冷靜到哪兒去了？

醫生心裡羞愧，又怨恨自己，通宵無法睡著，第二天早晨十點鐘左右就動身到郵局去，向郵政局長陪罪道歉。

「以前發生的事，我們就不要再提了，」米哈依爾．阿威良內奇大為感動，緊緊地握著他的手，歎了口氣說。「誰再提舊事，就叫誰的眼睛瞎掉。留巴甫金！」他忽然大叫一聲，聲音那麼響，嚇得所有的郵務人員和顧客都打了個冷顫。「端一把椅子來。你等一下！」他對一個農婦嚷道，她正把手伸進鐵格窗裡來，遞給他一封掛號信。「難道你沒看見我在忙著？我們不去回想舊事了，」他繼續溫柔地對安德烈．葉菲梅奇說。「我懇求你，坐下來吧，我親愛的老友。」

他沉默了一會兒，摩挲自己的膝頭，然後說道：

「我心裡一點也沒生您的氣。害病可不是鬧著玩的，我明白。昨天您發了病，把我和大夫嚇壞了，事後關於您我們談了很久。我親愛的朋友，為什麼您不肯認真地治一治您的病呢？您不可以這樣……原諒我出於友情坦誠相告，」米哈依爾．阿威良內奇小聲說。「您生活在極其不利的環境裡，地方狹小，不乾不淨，沒人照料，沒錢治病……我親愛的朋友，我和大夫一起熱切地要求您，請您聽從我們的勸告：到醫院裡去躺著養病吧！那兒又有衛生的食物，又有照應，又能治療。葉甫根尼．費多雷奇，我們背地裡說一句，雖然是個粗俗的人，不過精通醫道，對他倒是可以充分信賴的。他已經向我保證過，說他會照顧您的。」

安德烈・葉菲梅奇被真誠的關懷和忽然在郵政局長臉上閃耀的淚水感動了。

「我尊敬的朋友，您不要相信那些話！」他把手按在胸口上，小聲說，「不要相信他們，這都是騙人！我的病只不過是這麼一回事：二十年來我在全城只找到一個有頭腦的人，而他卻是個瘋子。我根本沒有生什麼病，無非是落在一個魔圈裡，出不來了。我反正無所謂，我準備承擔一切。」

「到醫院裡去躺著養病吧，我親愛的老友。」

「我無所謂，哪怕到深淵裡去也沒關係。」

「請您保證，好朋友，您處處都聽葉甫根尼・費多雷奇的安排。」

「好吧，我保證就是。不過我要再說一遍，我尊敬的朋友，我落進了一個魔圈裡。現在的一切，甚至我的朋友們真誠的關懷，只會引致同一種下場——我的滅亡。我正在走向滅亡，而且我有勇氣承認這一點。」

「我的老朋友，您會復元的。」

「何必再說這種話呢？」安德烈・葉菲梅奇氣憤地說。「很少人不在一生的結尾遭遇到我現在遭遇的這種情況。等到人家對您說您的腎臟不好，心房擴大，而您開始治病，或者人家說您是瘋子或罪犯——總之等到人家忽然注意您，那您就該知道您落進了一個魔圈裡，再也出不來了。您極力要逃出來，結果卻越陷越深了。您就聽天由命吧，因為任何人力都已經無法挽救您了。我覺得就是這樣。」

這時鐵格窗那邊擠滿了顧客。安德烈·葉菲梅奇不願礙人家的事，就站起來，開始告辭。米哈依爾·阿威良內奇再次取得安德烈·葉菲梅奇的承諾，便把他送到大門口。

當天將近傍晚，霍包托夫出乎意料地到安德烈·葉菲梅奇家裡來了。他穿著短皮襖和高筒皮靴，用一種彷彿昨天沒發生過什麼事的口吻開口說道：

「我是有事來找您的，同事。我來請問您：您願意跟我一塊兒去參加會診嗎，啊？」

安德烈·葉菲梅奇心想霍包托夫一定是要他出去走走，散散心，或者真是要給他一個掙錢的機會，就穿上衣服，跟他一塊兒走出去，來到街上。他暗自高興，總算有個機會把昨天的錯誤彌補一下，從此和解，他打從心裡感激霍包托夫，昨天的事霍包托夫連提也沒有提到，分明是原諒他了。真沒料到這個沒有教養的人竟會這樣體貼人。

「那麼您的病人在哪兒？」安德烈．葉菲梅奇問。

「在醫院裡……我早就想請您去看一看了。那是一個很有趣的病例。」

他們走進醫院的院子裡，繞過主樓，往那所住著瘋子的小屋走去。不知什麼緣故，他們走這一路卻都沒有交談。他們一走進小屋，尼基達就照例迅速站起來，挺直身子立正。

「這兒有一個病人肺部得了併發症，」霍包托夫和安德烈．葉菲梅奇一起走進病房裡，他低聲說，「您在這兒等一下，我去一去就來。我去拿我的聽診器。」

說完他就走出去了。

十七

天色已經暗下來。伊凡·德米特利奇在他的床上躺著，把臉埋在他的枕頭裡；癱子坐著不動，輕聲哭著，動著嘴唇。胖農民和舊日的揀信員在睡覺。屋子裡一片寂靜。

安德烈·葉菲梅奇在伊凡·德米特利奇的床上坐下，等著。可是半個鐘頭過去了，走進病房裡來的卻不是霍包托夫，而是尼基達，他懷裡抱著一件長袍、一套不知什麼人的襯衣襯褲和一雙拖鞋。

「請您換衣服，閣下，」他輕聲說。「這是您的床，請您到這邊來，」他指著一張分明是剛剛搬到病房裡來的空床，補充道。「不要緊，求上帝保佑，您會復元的。」

安德烈·葉菲梅奇完全明白了。他一句話也沒說，走到尼基達指點的那張床邊，坐了下來；他看見尼基達站在那兒等著，就脫掉衣服，光著身子，他覺得很難為情。然後他穿上醫院的衣服：襯褲很短，襯衣卻很長，長袍上帶著燻魚的氣味。

「您會復元的，上帝保佑吧，」尼基達又說一遍，然後他把安德烈．葉菲梅奇的衣服抱在懷裡，走出去，隨手關上房門。

「反正都一樣……」安德烈．葉菲梅奇思忖著，害臊地把身上的長袍裹緊，覺得他穿上這身新換的衣服，像是個罪犯。「反正都一樣……穿禮服也罷，制服也罷，這件長袍也罷，都一樣……」

可是他的懷錶怎麼樣了？側面衣袋裡的筆記本呢？還有紙菸呢？尼基達把他的衣服拿到哪兒去了？從此以後，也許直到死，他已經不會有機會穿長褲、背心、長筒皮靴了。起初，這一切顯得有點古怪，甚至無法理解。儘管安德烈．葉菲梅奇直到現在還相信在女房東別洛娃的房子和第六病房之間沒有什麼差別，這世界上的一切都無聊而空虛，然而他的手卻在發顫，他的腿發涼，一想到不久伊凡．德米特利奇會起床，看見他穿著長袍，就不由得心裡害怕。他站起來，在房間裡走了一會兒，又坐下。

他已經在這兒坐了半個鐘頭、一個鐘頭了，厭煩得要命。難道能在這種地方住一天、一個星期，甚至像這些人那樣住上幾年？是啊，他已經坐了一陣子，走了一陣子，又坐下了；他不妨再走一走，看看窗外，重新從這個牆角走到那個牆角。可是以後又怎麼樣呢？一直照這樣像個木頭人似的坐著想心事嗎？不，這幾乎是不可能的。

安德烈．葉菲梅奇躺下，可是立刻又坐起來，用衣袖擦掉額頭上的冷汗，覺得他滿臉都是燻魚的氣味。他又走來走去。

「這一定是發生了什麼誤會……」他說，大惑不解地攤開兩隻手。「這應當澄清一下。這一定是個誤會……」

這時候伊凡．德米特利奇醒來了；他坐起來，用兩個拳頭支住他的臉頰。他啐了一口唾沫，然後懶洋洋地瞧一眼醫生，起初顯然不明白這是怎麼回事；可是不久他那張帶著睡意的臉就露出惡毒而譏誚的神情來了。

「啊哈，把您也關到這兒來啦，老友？」他瞇細一隻眼睛，用帶著睡意的沙啞聲調說。「我很高興，您本來吸別人的血，現在人家卻要吸您的血了。好得很！」

「這是個誤會……」安德烈．葉菲梅奇說，被伊凡．德米特利奇的話嚇壞了。他聳聳肩膀，又說一遍：「一定是個誤會。」

伊凡・德米特利奇又啐了一口唾沫，躺下去。

「該詛咒的生活！」他嘟噥著，「令人痛心而抱屈的是，這種生活不是以我們的苦難得到補償而結束，也不是像歌劇裡那樣以禮讚結束，卻是以死亡結束。幾個雜役走來，拉住死屍的胳膊和腿，拖到地下室去。呸！不過那也沒關係……到了另一個世界裡，就要輪到我們過好日子了……將來我要從那個世界裡到這兒來顯靈，嚇唬這些壞蛋。我要把他們嚇得白了頭。」

莫依塞依卡回來了，他見到醫生，就伸出手來。

「給我一個銅板吧！」

十八

安德烈·葉菲梅奇走到窗前望著曠野。天色已經黑了，在右邊地平線上，冷冷的、深紅色的月亮升上來了。離醫院的圍牆不遠處，最多兩百碼之外，立著一所高大的、圍著石牆的白色房子。那是監獄。

「這就是現實生活！」安德烈·葉菲梅奇暗想，他感到害怕。

月亮也罷，監獄也罷，圍牆上的釘子也罷，遠處動物燒骨場上的火焰也罷，全都十分恐怖。他身後響起了歎息聲。安德烈·葉菲梅奇回過頭去，看見一個人胸前戴著亮閃閃的星章和動章，微笑著，調皮地眨著眼睛，這也顯得恐怖。

安德烈·葉菲梅奇認定，月亮和監獄沒有什麼特別的地方，動章就是連神志健全的人也戴的，人間萬物早晚會腐爛，化為塵土；然而他忽然滿心絕望，伸出兩隻手抓住鐵格窗，用盡全力搖撼它。堅固的鐵格窗卻絲紋不動。

後來，為了擺脫恐懼，他走到伊凡．德米特利奇的床邊，坐了下來。

「我的精神支持不住了，我親愛的老友，」他喃喃地說，身子發抖，擦掉冷汗。「我的精神支持不住了。」

「那您就談哲學嘛，」伊凡．德米特利奇譏誚地說。

「我的上帝，我的上帝啊……對了，對了……有一回您說俄國沒有哲學，可是人人都談哲學，連小人物也談。然而你要知道，小人物談哲學，對誰也沒有害處啊，」安德烈．葉菲梅奇說，那聲調彷彿就要哭出來，引起別人的憐憫似的。「可是，我的朋友，您為什麼發出這種幸災樂禍的笑聲呢？如果小人物不滿意，怎麼能不談哲學呢？一個有頭腦的、受過教育、有自尊心、愛好自由、具有神的相貌的人，卻沒有別的路可走，只能到這個骯髒而又愚蠢的小城裡來做醫生，一輩子跟藥罐、水蛭、芥子膏打交道！欺騙，狹隘，庸俗！啊，我的上帝！」

「您在說蠢話了。要是不願意做醫生，那就去做大臣好了。」

「不行，幹什麼都不行。我們軟弱啊，我親愛的朋友……以前我全不在乎，活潑而清醒地思考著，可是生活剛剛粗暴地傷害我，我的精神就支持不住……洩氣了……我們軟弱啊，我們不中用……您也是這樣的，我親愛的朋友，您聰明，高尚，從母親的奶裡吸取了美好的激情，可是剛剛走進生活就疲乏了，害病了……軟弱，軟弱啊！」

隨著黃昏來臨，除了恐懼和委屈的感覺以外，還有另一種持續的感覺時時刻刻煎熬著安德烈．葉菲梅奇。最後他才想出來那是他想喝啤酒，想吸菸。

「我要走出去，離開這兒，我的朋友，」他說。「我要叫他們在這兒點個燈……這樣我受不了……我不能忍受下去……」

安德烈．葉菲梅奇走到房門前，開了門，可是尼基達立刻跳起來，擋住他的去路。

「您上哪兒去？不行，不行！」他說。「是睡覺的時候了！」

「可是我只出去一會兒，在院子裡散步一會兒，」安德烈．葉菲梅奇慌張地說。

「不行，不行，這不許可。您自己也知道。」

尼基達砰的一聲關上房門，用背抵住門板。

「可是就算我出去一趟，這對誰會有害處呢？」安德烈．葉菲梅奇問，聳聳肩膀。「我不明白，尼基達，我一定要出去！」他用顫抖的聲調說。「我要出去。」

「您不要搗亂，這不好，」尼基達告誡說。

「鬼才知道這是怎麼回事！」伊凡．德米特利奇忽然叫道，跳起來。「他有什麼權利不讓人出去？他們怎麼敢把我們關在這兒？我相信法律明白地寫著，不能不經審判就剝奪一個人的自由！這是暴力！這是專橫！」

「當然，這是專橫，」安德烈．葉菲梅奇說，受到了伊凡．德米特利奇的叫聲的鼓舞。「我必須出去，我非出去不可。他沒有權利！我告訴你，放我出去！」

「聽見了嗎？愚蠢的畜牲。」伊凡．德米特利奇叫道，舉起拳頭敲門。「開門，要不然我就把門砸碎！殘暴的傢伙！」

「開門！」安德烈．葉菲梅奇喊道，渾身發抖。「我要你開門！」

「你儘管說吧！」尼基達在門外回答說。「隨你去說吧……」

「你至少去把葉甫根尼．費多雷奇叫到這兒來！你就說我請他來一趟，來一會兒就行！」

「明天他自己會來。」

「他們絕不會放我們出去，」這時伊凡·德米特利奇繼續說。「他們要讓我們在這兒受折磨至死！啊，主，難道在另一個世界裡真的沒有地獄，這些壞蛋會得到饒恕？正義在哪裡？開門，壞蛋！我透不過氣來了！」他用沙啞的聲音嚷道，用身子使勁撞門。「我要把我的腦袋撞碎！殺人犯！」

尼基達很快地開了門，用雙手和膝蓋粗魯地推開安德烈·葉菲梅奇，然後掄起胳膊，一拳打在他的臉上。安德烈·葉菲梅奇覺得好像有一股帶鹹味的大浪頭沖下來，把他拖到床前；他的嘴裡也真有鹹味，大概牙齒出血了。他彷彿要從大浪裡游出去似的，揮舞著胳膊，抓住什麼人的床架，這時候，他感到尼基達兩次打他的後背。

伊凡·德米特利奇大叫一聲。大概他也挨打了。

隨後一切都靜下來，淡淡的月光從鐵格窗裡照進來，地板上鋪著像網子一樣的陰影。這是恐怖的。安德烈·葉菲梅奇躺下來，屏住呼吸：他戰戰兢兢地等著再一次挨打。彷彿有人拿著鐮刀扎進他的肉體，在他的胸中和腸子裡攪動了幾下。他痛得咬枕頭，磨牙，忽然，在他的腦海裡，在一片混亂當中，閃過一個可怕的和令人無法忍受的想法：這些如今在月光下像黑影一般的人，這些年來一定天天都在經歷這樣的痛苦。這種事他二十多年來怎麼會一直不知道，而且也不想知道？他不懂痛苦，根本沒有痛苦的概念，因此這事不能怪他；可是他的良心卻像尼基達那樣執拗、無情，這使得他從後腦殼到腳後跟都變得冰涼了。他跳起來，想用盡力氣喊叫一聲，趕快跑過去殺死尼基達，然後殺死霍包托夫、總務長、助理醫士，再殺死他自己，可是他的胸膛裡一點聲音也發不出來，兩條腿也不聽使喚了。他氣喘吁吁，撕開胸前的長袍和襯衣，扯碎，然後一下子倒在床上，不省人事了。

十九

第二天早晨他頭痛，耳鳴，感到渾身不舒服。他想起昨天自己的軟弱，並不覺得害臊。他曾經膽怯，甚至害怕月亮，而且真誠地道出了以前萬沒料到自己會有的那種感情和思想；例如，他想到小人物愛發議論是由於不滿足。但是，現在他什麼也不在意了。

他不吃不喝，躺著不動，沉默不語。

「我無所謂了，」當有人問他話的時候，他想。「我不想回答……我對什麼都不在意了。」

晚飯後米哈依爾．阿威良內奇來了，帶來四分之一磅[23]的茶葉和一磅水果軟糖。達留希卡也來了，在床邊站了整整一個鐘頭，臉上現出呆板的悲傷神情。霍包托夫醫生也來看望他。他帶來一瓶溴化鉀藥水，吩咐尼基達燒點什麼東西薰一薰病房。

將近傍晚，安德烈．葉菲梅奇因中風而死。起初他感到猛烈的寒顫和噁心，彷彿有一種使人噁心的東西浸透他的全身，甚至鑽進了手指頭，由胃裡湧到頭部，淹沒了眼睛和耳朵。他的眼睛所見到的東西都變成了綠色。安德烈．葉菲梅奇明白他的末日到了，想起伊凡．德米特利奇、米哈依爾．阿威良內奇和上百萬的人都相信永生。萬一真會永生呢？可是他並不想永生——他只想了一下。昨天他在書上讀到過的一群異常美麗優雅的鹿，如今在他的面前飛奔而過；然後有一個農婦向他伸出一隻手，手上拿著一封掛號信……米哈依爾．阿威良內奇說了一句什麼話，隨後一切消散，安德烈．葉菲梅奇永遠失去了知覺。

醫院的雜役們走來，抓住他的胳膊和腿，抬進小禮拜堂裡去。在那兒他躺在桌子上，睜著眼睛，夜晚的月光照著他。早晨謝爾蓋．謝爾蓋伊奇來了，對著耶穌釘在十字架上的雕像虔誠地禱告一番，把他前任上司的眼睛闔上。

---

23 指俄磅，一俄磅等於四〇九．五公克。

留希卡。

第二天安德烈·葉菲梅奇下葬了。送葬的只有米哈依爾·阿威良內奇和達

（一八九二年）

捉弄

附錄一

〈捉弄〉是契訶夫一八八六年的作品，一篇極可愛的沒頭沒尾小說，尤其是風聲裡那一句「我愛你，娜佳！」

然而，捉弄人的聲音也就只這麼一瞬，旋即杳逝在山風之中，杳逝在一個年輕無聊的冬天日子，但何必一定要多發生什麼事呢？

冬天一個晴朗的中午……天氣嚴寒，樹木凍得劈啪地響。娜堅卡[1]兩鬢的鬈髮上，上嘴唇的茸毛上，都覆蓋著一層銀白的霜。她挽住我的胳膊，我們站在一座高山上。從我們站的地方到下邊平地中間，伸展著一道平滑的斜坡，太陽照著它，就像映照著鏡子似的。我們旁邊有一輛小小的雪橇，上面蒙著猩紅色的呢子套。

「我們一塊兒坐著雪橇滑下去吧，娜傑日達・彼得羅芙娜！」我央求說。「就滑這一次！我向您擔保，我們會平平安安，不會有什麼危險的。」

可是娜堅卡害怕。在她心目中，從她那雙小小的套靴站著的地方到這座冰山腳下，無異於可怕的無底深淵。我只是約她坐上小雪橇滑下去罷了，可她往下一看，卻已經嚇得魂飛天外，彷彿停住了呼吸。要是她真冒險飛到那個深淵裡去，那不知會怎樣呢！說不定她就會活活嚇死，就會發瘋。

「我求求您！」我說。「不用怕！您要明白，這是膽小，懦弱！」

娜堅卡終於讓步了，不過我從她的臉色看出來，她是冒著生命危險讓步

---

1 娜堅卡及下頁中的娜佳皆為娜傑日達的暱稱。

的。我把她，這個面色蒼白、渾身發抖的姑娘，扶上小雪橇，伸出一條胳膊摟住她，隨後就跟她一塊兒衝到那個無底洞裡去。

小雪橇像子彈那樣飛出去。空氣被我們衝破，迎面撲來，呼嘯著，在我們耳朵裡尖叫，撕扯我們，用指頭殘忍地用力擰我們，打算把我們的腦袋從肩膀上揪下來。在風的壓力下，我們幾乎沒法呼吸。彷彿有個魔鬼伸出爪子抓緊我們，咆哮著把我們拖到地獄裡去。四周的景物匯合成一條不住飛奔的長帶子……似乎再過一會兒我們就要粉身碎骨了！

「我愛你，娜佳！」我小聲說。

小雪橇開始越跑越慢，風的怒吼聲和雪橇的滑木的沙沙聲不再那麼可怕，我們的呼吸也比較容易，終於我們滑到底了。娜堅卡已經半死不活。她臉色蒼白，幾乎透不過氣來……我扶著她從雪橇上下來。

「無論如何我再也不坐雪橇了，」她說，睜大了充滿恐懼的眼睛瞧著我。「我說什麼也不幹了！我差點死掉！」

過了一會兒她才清醒過來，帶著疑問的神情瞅著我的眼睛：那句話究竟是我說的呢，還是在急驟的風聲中她一時聽錯了？我呢，站在她身旁，吸著紙菸，專心致志地瞧著我的手套。

她挽住我的胳膊，我們在山坡旁邊散步很久。看來，這個謎攪得她心神不定……那句話是不是我說的？……說了還是沒說？到底說了沒有？這是有關她的自尊心、榮譽、生活、幸福的問題——要算是世界上很重大的、甚至最重大的問題了。娜堅卡用尖利的目光焦急而憂鬱地瞧著我的臉，胡亂地回答我的話，等著看我會不會再說那句話。啊，在那張可愛的臉上，表情千變萬化，千變萬化呀！我看出她舉棋不定，一心要說句什麼話，提個什麼問題，可是找不出適當的字眼，覺得不便說出口。她害怕，再者她心裡高興，反而妨礙她開口說話了……

「您猜怎麼著？」她說，眼睛沒有看著我。

「什麼？」我問。

「我們……再滑一次雪橇吧。」

我們順著一道階梯爬到山上。我又扶著面色蒼白、渾身發抖的娜堅卡坐上小雪橇；我們又朝著可怕的深淵飛下去，風再度咆哮，滑木又沙沙地響。在小雪橇飛得最快、聲音最響的時候，我又低聲說：

「我愛你，娜佳！」

等到小雪橇停住，娜堅卡急瞥一眼我們剛剛滑下的山坡，然後久久地打量我的臉，留心聽我淡漠、冷靜的聲音，於是她的全身，上上下下，甚至包括她的皮手筒和風帽在內，都現出極度的困惑。她的臉上寫著：「這是怎麼回事？是誰對我說了那句話？是他呢，還是我聽錯了？」

這個疑團鬧得她六神不安，失去了耐性。這個可憐的姑娘不回答我的問話，皺起眉頭，眼看就要哭出來了。

「我們要不要回家去？」我問。

「可是，我……我喜歡滑雪橇，」她說，臉紅了。「我們要不要再滑一次？」

她「喜歡」這種遊戲，可是話雖如此，她一坐上小雪橇，又跟前兩次一樣臉色蒼白，渾身發抖，嚇得透不過氣來。

我們第三次滑下坡去。我看見她瞧著我的臉，盯著我的嘴唇。可是我拿出手絹來捂住我的嘴，咳嗽，等小雪橇滑到半山腰，我仍然說了一句：

「我愛你，娜佳！」

於是這個謎仍然是個謎！娜堅卡默默不語，心事重重……滑完雪橇，我把她送回家去，她緩緩地走著，極力放慢腳步，一直等著，看我會不會對她說那句話。我看出她的內心很痛苦，她盡力克制自己，免得說出這樣的話：

「這句話不可能是風說的！我也不希望是風說的！」

第二天早晨我收到一封短信：

「如果您今天去滑冰，就請您來一趟，帶我一塊兒去。娜。」

從這天起我天天跟娜堅卡一塊兒去滑冰，坐著小雪橇滑下坡，我每次都低聲說著那句話：

「我愛你，娜佳！」

不久娜堅卡就對這句話聽上了癮，如同對酒精或者嗎啡上了癮一樣。缺了那句話，她就活不下去。固然從山頂上飛馳而下依然可怕，可是現在恐怖和危險卻替那句訴說愛情的話增添了特殊的魅力——那句話依舊是個謎，撩撥著她的心。她仍然懷疑這兩者——我和風……這兩者究竟是誰在和她談情說愛，她不知道，不過到後來她好像也不在乎了；不管用哪一個杯子喝酒都沒關係，只要能喝醉就行。

一天中午，我獨自一個人動身去滑冰場。我混在人群當中，看見娜堅卡往山上走去，眼睛往四處張望，她在找我……後來她膽怯地順著台階往上走……她害怕一個人坐雪橇滑下來，啊，多麼可怕！她的臉色白得像雪一樣，渾身發抖，她走著，彷彿上法場似的，可是她仍然往上走，頭也不回，態度堅決。她分明下了決心，想試一試我不在的時候，她能不能聽見那句驚人而又甜蜜的話？我看見她臉色發白，害怕得張開了嘴，在小雪橇上坐下，閉上眼睛，向人世告別，滑下去……「沙沙沙！」……滑木響著。那句話娜堅卡聽見沒有，我不知道，我只看見她從雪橇上下來的時候，周身軟綿綿的，有氣無力。從她的臉色可以看出來，她自己也不知道她聽見什麼話沒有。她滑下坡的時候，恐懼已經奪去她傾聽、辨別聲音、理解事物的能力了。

可是後來，三月到來了……春天的陽光變得比較溫和舒適。我們那座冰山顏色變黑，失去原有的光澤，最後終於融化。我們不再去滑冰了。可憐的娜堅卡再也沒有地方可以聽見那句話，況且也沒有人來說那句話了，因為這時候已經聽不見颳大風的聲音，而我也準備到聖彼得堡去，要去很久——可能從此不回來了。

有一回，大約是我動身的前兩天，在蒼茫的暮色裡，我在小花園裡坐著，這個小花園與娜堅卡居處的院子是用一道釘著釘子的高板牆隔開的……天氣還相當冷，糞堆邊上還有雪，樹木死氣沉沉，不過空氣中已經有春天的氣息，白嘴鴉在聒噪，準備安頓下來過夜了。我走到板牆跟前，從板縫裡望過去，看了很久。我瞧見娜堅卡從房裡走出來，站在門廊上，抬起悲哀憂傷的目光眺望天空……春風吹到她那蒼白愁悶的臉上……這使她想起當初在山坡上她聽見那句話時向我們咆哮的風，她的面容變得越來越幽怨，眼淚順著她的臉頰淌下來……可憐的姑娘伸出雙手，彷彿要求風再一次為她送來那句話。我等著一陣風颳過去的時候，低聲說：

「我愛你，娜佳！」

哎呀！娜堅卡起了什麼樣的變化！她叫起來，滿臉微笑，迎著風伸出雙手，又高興又幸福，顯得那麼美麗。

那是很久以前的事了。如今娜堅卡已經結婚；究竟她是由父母訂的親，還是出於自己的選擇，這都沒有關係了——她嫁給貴族監護會的祕書，現在已經有三個孩子了。至於我們以前一塊兒滑過冰，風把「我愛你，娜佳」這句話送

附錄二

大學生

〈大學生〉是契訶夫一八九四年的作品，是契訶夫自己最喜歡的作品，他曾說：「我哪裡是『悲觀主義者』呢？要知道，在我的作品中我最喜愛的一個短篇就是〈大學生〉。」

這的確是個美好的小說——一個憂鬱的冷天，一個有心事的大學生，偶爾走過菜園和一對寡婦母女講起《聖經・福音書》中彼得三次不認耶穌之事，年紀大的農婦聽了，跟著兩千年前的彼得一樣哭了起來，就這樣。

也就這樣，契訶夫讓我們看到了生命本身的悠長可信靠。

起初天氣很好，沒有風。畫眉鳥噪鳴，附近沼澤裡有個什麼生物在發出悲涼的聲音，像是往一個空瓶子裡吹氣。一隻山鷸飛過，向牠打過去的那一槍，在春天的空氣裡發出轟隆歡暢的聲響。然而等到樹林裡漸漸變暗，有一股殺風景、寒冷刺骨的風從東方颳來，一切聲音就都停憩了。水窪的浮面上鋪開一層冰針，樹林裡變得無趣、荒涼、陰森。這就有了冬天的意味。

教堂看守人的兒子，神學院的大學生伊凡．韋里科波爾斯基打完山鷸，步行回家，一直沿著水淹的草地上一條小徑走著。他的手指凍僵，臉被風颳得發燙。他覺得這種突如其來的寒冷破壞了萬物的秩序與和諧，就連大自然本身也似乎覺得害怕，因此傍晚的昏暗比往常來得快。四下裡冷清清的，不知怎的，顯得特別陰森。只有河邊的寡婦菜園裡有亮光，三哩外的村子以及遠方的一切都沉浸在傍晚寒冷的幽暗裡。大學生想起，先前他從家裡出來的時候，他母親正光著腳，坐在前廳裡的地板上擦茶炊[1]，他父親躺在灶台上咳嗽。這天是受難節[2]，

1 samovar，俄國附有炭爐的茶壺，多為銅製品。
2 基督教節日，復活節前的星期五，紀念耶穌為世人的罪被釘在十字架上而死。

他家裡沒燒飯，他餓得難受。現在，大學生冷得縮起身子，心裡暗想：不論在留里克[3]的時代也好，在恐怖伊凡[4]的時代也好，在彼得大帝[5]的時代也好，都颳過這樣的風，在那些時代也有這種絕望的貧窮和飢餓，也有這種破了洞的草房頂，也有愚昧、苦惱，也有這種滿目荒涼、黑暗、抑鬱的心情。這一切可怕的現象從前有過，現在還有，以後也會有，因此再過一千年，生活也不會變好。想到這些，他都不想回家了。

那菜園所以叫做寡婦菜園，是因為它歸母女兩個寡婦所有。一堆篝火燒得很旺，劈劈啪啪地響，火光照亮了周圍遠處的耕地。寡婦瓦西里薩是個又高又胖的老太婆，穿一件男人的短皮襖，站在一旁，滿懷心事地瞧著火光；她的女兒路凱利雅身材矮小，臉上有麻斑，樣子有點蠢，她坐在地上洗著一口鍋和幾把湯勺。顯然她們剛剛吃過晚飯。旁邊傳來男人的談話聲，那是此地的工人在河邊讓馬匹喝水。

「嘿，冬天又回來了，」大學生走到篝火跟前說，「晚上好！」

瓦西里薩打了個哆嗦，不過她立刻認出他來，就客氣地笑了笑。

「我剛才沒認出您來；願主保佑您，」她說。「您要發財啦[6]。」

他們攀談起來。瓦西里薩是個見過世面的女人，以前在一位貴族家裡做事，一開始當奶媽，後來是保母。她談吐文雅，臉上始終掛著溫和而莊重的笑容。她的女兒路凱利雅卻是個村婦，受盡丈夫的折磨，這時候她乾脆瞇細眼睛看著大學生，一句話也沒說，她臉上的表情古怪，就像一個又聾又啞的人。

「當初使徒彼得恰好就在這樣一個寒冷的夜晚在篝火旁邊取暖，」大學生說著，把手伸到火跟前。「可見那時候天也很冷。啊，那是多可怕的一夜啊，老婆婆！非常悲慘而漫長的一夜[7]！」

他朝黑魆魆的四周望了望，使勁搖一下頭，問道：

「您大概聽過《福音書》吧？」

---

3 據記載，留里克（?-879）為西元九世紀的諾夫哥羅德大公，為俄國史上第一個王朝留里克王朝的建立者。

4 即俄國沙皇伊凡四世（伊凡雷帝）（1530-1584）。

5 即俄國沙皇彼得一世（1672–1725）。

6 俄羅斯習俗，熟人相遇，一時未能認出對方，在認出後，即用此語解嘲。

7 指《聖經》上所載耶穌被捕的那一夜，詳見《新約．路加福音》。

「是的，我聽過，」瓦西里薩回答。

「那您會記得，在進最後的晚餐時，彼得對耶穌說：『我就是必須和你同死，也總不能不認你。』主卻回答他說：『我告訴你，彼得，今日雞叫以前，你要三次不認我。』傍晚以後，耶穌在花園裡愁悶得要命，就禱告，可憐的彼得心神勞頓，身體衰弱，眼皮沉重，怎麼也壓不下他的睡意。他睡著了。後來，您聽過，猶大就在那天晚上親吻耶穌，把他出賣給折磨他的人。他們把他綁著，帶他去見大祭司，打他。彼得呢，累極了，又受著苦惱和驚恐的煎熬，而且您知道，他沒有睡足，不過他感到人世間馬上要出一件慘事，就跟著走去……他熱烈地、全心全意地愛耶穌，這時候他遠遠看著耶穌在挨打……」

路凱利雅放下湯勺，定睛瞧著大學生。

「他們到了大祭司那兒，」他接著說，「耶穌就開始受審，而眾人因為天冷，在院子裡燃起一堆火，烤火取暖。彼得跟他們一塊兒站在火旁，也烤火取暖，像我現在一樣。有一個女人看見他，就說：『這個人素來也是和耶穌一夥的。』那就是說，也得把他拉去受審。所有那些站在火旁的人想必懷疑而嚴厲地瞧著他，因為他心慌了，說：『我不認得他。』過了一會兒，又有一個人認出他是耶穌的門徒，就說：『你真是他們一黨的。』可是他又否認。有人第三次對他說：『我今天看見跟他一塊兒在花園裡的，不就是你嗎？』他又第三次否認。正說話之間，雞就叫了，彼得遠遠地瞧見耶穌，想起昨天進晚餐時耶穌對他說過的話……他回想著，醒悟過來，就走出院子，傷心地哭泣。《福音書》上寫著：『他就出去痛哭。』我能想像當時的情景：一個安安靜靜、一片漆黑的花園，在寂靜中隱約傳來一種低沉的啜泣聲……」

大學生歎口氣，沉思起來。瓦西里薩雖然仍舊陪著笑臉，卻忽然哽咽一聲，大顆的淚珠接連不斷地從她的臉上流下來，她用衣袖遮著臉，想擋住火光，似乎在為自己的眼淚害臊似的；而路凱利雅呆望著大學生，漲紅臉，神情沉重而緊張，像是一個隱忍著劇烈痛苦的人。

工人們從河邊回來了，其中一個騎著馬，已經走近，篝火的光在他身上顫抖。大學生對兩個寡婦道過晚安，便往前走去。黑暗又降臨了，他的手漸漸凍僵。一陣刺骨的風吹來，冬天真的回來了，使人感覺不到後天就是復活節。

這時候大學生想到瓦西里薩：既然她哭起來，可見彼得在那個可怕的夜晚所經歷的一切都跟她有某種關係……

他回過頭去看。那堆孤零零的火在黑地裡安靜地搖閃，看不見火旁有人。

大學生又想：既然瓦西里薩哭，她的女兒也憂慮不安，那麼顯然剛才他所講的一千九百年前發生過的事，與現在、與這兩個女人，大概也與這個荒涼的村子有關係，而且與他自己、與所有人都有關係。既然老婆婆哭起來，那就不是因為他善於把故事講得動人，而是因為彼得和她是親近的，因為她全身心關懷彼得的靈魂裡發生的事情。

他的靈魂裡忽然掀起歡樂，他甚至停住腳站一會兒，好喘一口氣。「過去與現在，」他暗想，「是由連綿不斷、前呼後應的一長串事件聯繫在一起的。」他覺得他剛才似乎看見這條鏈子的兩頭：只要碰碰這一頭，那一頭就會顫動。

他坐著渡船過河，後來爬上山坡，瞧著他的村子，瞧著西方，看見一條狹長的、冷冷的紫霞在發光，這時他暗想：真理和美過去在花園裡和大祭司的院子裡指導過人的生活，而且至今一直連續不斷地指導著，顯然會永遠成為人類生活中以及整個人世間的主要事物，於是青春、健康、活力的感覺——他剛二十二歲——以及對於幸福，對於奧妙而神祕的幸福那種難以形容的甜蜜的嚮往，漸漸抓住他的心，於是在他看來，生活顯得美妙、神奇而充滿高尚的意義了。

國家圖書館出版品預行編目資料

第六病房／契訶夫（Anton Chekhov）著；汝龍譯.
-- 三版. -- 臺北市：臉譜出版：英屬蓋曼群島商
家庭傳媒股份有限公司城邦分公司發行, 2023.03
面；　公分. --（【一本書】系列；FB0004Y）
譯自：Ward Number 6
ISBN 978-626-315-249-6（平裝）

880.57　　　111020861